KB270732

우리 집에 가서 반미 먹을래?

우리 집에 가서 반미 먹을래?

이주민 이웃들의 다정한 집밥 이야기

우리 집에 가서 반미 먹을래?

초판 1쇄 펴낸날   2025년 7월 30일

지은이   이란주
펴낸이   홍지연

편집   홍소연 김선아 김영은 차소영 조어진 서경민
디자인   이정화 박태연 정든해 이설
마케팅   강점원 원숙영 김가영 김동휘
경영지원   정상희 배지수

펴낸곳   (주)우리학교
출판등록   제313-2009-26호(2009년 1월 5일)
제조국   대한민국
주소   04029 서울시 마포구 동교로12안길 8
전화   02-6012-6094
팩스   02-6012-6092
홈페이지 www.woorischool.co.kr
이메일   woorischool@naver.com

글ⓒ이란주, 2025
사진ⓒ이재성, 2025
ISBN 979-11-6755-334-8 (43810)

• 책값은 뒤표지에 적혀 있습니다.
• 잘못된 책은 구입한 곳에서 바꾸어 드립니다.

만든 사람들
편집   김선아
디자인   정든해

우리 집에 가서 반미 먹을래?

이주민 이웃들의 다정한 집밥 이야기

이란주 지음

우리학교

같이 먹는 밥 한 끼는 그 어떤 말 한마디보다 힘이 세다. 감정은 변하기 쉽지만 입맛은 몸에 남아서 나를 이루기 때문이다. 수십 년 이주 인권 활동가로 살아온 저자가 들려주는 각 나라의 집밥 이야기가 그 증거다. 소박한 요리 하나에 종교, 문화, 언어를 관통하는 인간 보편의 삶이 있고 정이 있다. 역사가 있고 기억이 있다. 읽는 것만으로도 편견이 깨지고 낯선 맛과 향에 다가갈 용기가 움튼다. 먹는 재미가 곧 사는 재미고, 밥 친구가 인생 친구임을 귀띔하는 군침 도는 책이다.

— 은유(작가, 『있지만 없는 아이들』 저자)

『우리 집에 가서 반미 먹을래?』를 읽으면 지금 여기에서 함께하는 이웃의 존재를 깨닫게 되고, 그들과 함께 살아갈 미래에 설렌다.

음식에는 그 음식이 탄생한 곳의 자연환경과 그 환경에 적응하며 살아간 사람들의 삶이 담겨 있다. 그 땅에서 난 재료만이 아니라 이웃 나라와 겪은 갈등과 전쟁, 협력과 화해의 시간도 음식의 재료가 된다. 고려인의 음식 마르코프차에는 살기 위해 러시아로 갔던 우리 민족의 이주 역사가, 베트남의 반미에는 프랑스 식민지의 흔적이 들어 있다.

그 음식이 몸이 되고 기억이 되어 낯선 곳에서 살아가는 이들이 고단한 삶을 버티게 해 준다. 또 타인과 타인이 만나 친구가 되는 징검다리가 되고, 새로운 공동체를 이루는 힘이 된다. 이 책을 읽고 나니 베트남 '동나이'가 고향인 올케가 해 주는 인천 석남동식 반미가 먹고 싶어진다.

– 김중미(소설가, 『괭이부리말 아이들』)

김치찌개가 가져다준 질문

30년쯤 전의 일이니까 청소년들에게는 '호랑이 담배 먹던 시절' 이야기로 들릴지도 모르겠다. 이주 노동자 인권 상담소 일을 막 시작했던 즈음, 나는 세상의 다양한 생활 양식에 대해 아는 것이 별로 없었다. 외국 여행을 가 본 적도 없었고, 미국이나 유럽 몇 나라 외에 다른 나라의 문화를 접해 본 경험도 적었다. 그러다 갑자기 여러 나라에서 온 이주 노동자들을 만나자니 맨 부딪치고 깨지는 게 일상이었다.

그때 내가 황당한 짓을 하나 저질렀다. 여러 나라 사람 수십 명이 참여했던 야외 행사를 마무리하는 자리, 저녁 식사 당번을 내가 맡았다. 커다란 솥단지에 많은 양의 음식을 보글보글 요리하는 모습을 상상하기 쉽지만, 그건 아니고 근처 식당에 음식을 주문해서 나누면 되는 매우 간단한 일이었다. 그 쉬운 일을 하면서도 나는 사고를 쳤다!

사건은 이랬다. 저녁 식사 메뉴를 김치찌개로 통일하기로 하고 나는 식당에 참치김치찌개와 돼지고기김치찌개를 인원수대로 주문했다. 시간 맞춰 식당에서 커다란 들통 두 개에 찌개를 담아 음식을 보내왔다. 그런데 배식용 국자가 하나뿐이었다. 국자를 더 가져다 달라고 부탁하고 우선 배식을 시작하기로 했다. "고기를 넉넉히 넣었나?" 중얼거리며 나는 돼지고기김치찌개를 국자로 뒤적여 보았다. 종일 열띤 일정을 치르느라 몹시 배가 고팠던 동료들이 빠르게 줄을 섰다. 맨 앞 사람이 "참치." 하고 말했다. "옙." 명랑한 대답과 함께 나는 돼지고기김치찌개에 들어 있던 국자를 탁탁 털어 참치김치찌개 통에 넣었다.

그와 동시에 터져 나오던 놀란 목소리!

"노, 노, 노!"

놀라움이 담긴 눈동자 수십 개를 마주하고 나는 해맑게 물었다.

"왜요? 왜요?"

"시스터, 어떡해! 돼지고기 묻었어. 우리 못 먹어요."

이슬람교인들이 외쳤다. 내가 참치김치찌개 한 통을 홀

랑 오염시켰던 것이다. 나는 국자를 휘두르며 허둥대다 새로 주문 전화를 했고 동료들은 우스워 죽겠다는 표정으로 나를 놀렸다. "쏘리, 쏘리!" 넉살 좋은 표정으로 대꾸했지만 속으로는 울고 싶었다. 내 마음을 눈치챈 살람 아저씨가 나서서 손을 휘저어 소란을 가라앉혔다. 당시 아저씨는 크게 다친 손을 붕대로 싸매고 다녔는데 마음이 급하니 아픈 것도 잊고 그 손을 마구 흔들었다. 그러고는 돌아서서 인자한 얼굴로 나에게 말했다.

"괜찮아, 시스터. 배 안 고파. 금방 다시 올 텐데 뭐."

돼지고기가 묻은 참치김치찌개는 어떻게 했을까? 어떻게 하기는, 돼지고기김치찌개를 주문했던 동료들이 "우리는 참치도 좋아해." 하며 한 그릇씩 더 먹어서 내 실수의 증거를 싹 감춰 주었다.

같이 김치찌개를 먹으며 여러 생각이 떠올랐다. 이토록 예민하고 어려운 먹거리 문제를 이주민들은 어떻게 해결하고 있는 걸까? 신경 좀 쓴다는 나조차 "김치찌개로 통일!" 하며 일방적으로 메뉴를 정하기 일쑤인 데다 이토록 어이없는 실수까지 저지르는데, 바쁘게 돌아가는 회사에서는 어떨까? 한국에서 고향 식재료를 구하기도 힘들고, 음식을 조리할 주방도 변변찮을 텐데 다들 무엇을 어떻게 먹고 지내는 걸까? 내 이주민 동료들과 그들의 음식은 과연 존중받고 있을까? 한국인들과 함께 식사할 때 이주민들은 자기 음식을 식탁에 같이 올려놓을까? 한국인들은 그 음식을 환영하고 좋아할까?

그 뒤로 많은 시간이 흘렀다. 그동안 나는 다양한 문화권 친구들을 만났고, 함께 음식을 만들고 먹었다. 친구들의 이야기와 웃음, 같이 먹은 음식들이 내 안에 차곡차곡 쌓여 내 삶이 두터워졌다. 김치찌개가 가져다준 질문에 대한 답은 아직도 찾는 중이다.

이 책도 그 질문에 대해 생각하는 과정에서 태어났다. 책에 소개한 이웃들 중에는 오랜 친구도 있고 새로 사귄 이웃도 있다. 혹은 음식에 대해 들으려고 물어물어 찾아가 만난 이도 있다. 무슨 복인지 모두 관대하고 친절해서 요리보다 웃음꽃이 먼저 피어나곤 했다. 그저 음식을 엿보고자 했는데, 내가 만난 것은 문화였고 역사였고 사람이었다.

"고향 요리 좀 가르쳐 주세요!"

우리를 새로운 세계로 이끌 이 말, 용기 내어 이웃에게 건네 보자.

그다음은? 꼬리에 꼬리를 물고 이야기가 이어지겠지?

그 이야기, 나중에 꼭 들려주세요!

　　　　　김치찌개가 가져다준 질문

차례

일러두기

① 이 책은 국립국어원 표준국어대사전의 표기법을 따랐습니다. 다만 음식이나 식재료의 이름은 필요한 경우 된소리를 써서 가능한 한 원음에 가깝게 적었습니다.

② 이 책에 소개된 조리법에 쓰인 단위는 다음과 같습니다.
컵: 종이컵(192ml), 큰술: 밥숟가락, 작은술: 찻숟가락, 꼬집: 엄지손가락과 검지손가락으로 한 번 집은 양

몽골의 집밥

1

몸이 으슬으슬할 때,
뭉흐툭수의 고릴태술

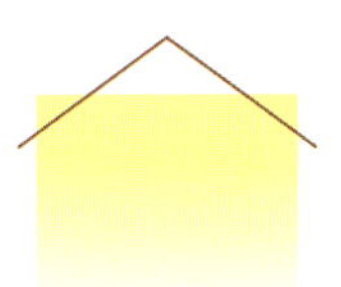

뭉흐툭수 씨는 지난 차강사르 때 고향에 다녀왔다. 차강사르는 몽골 설날로, 몽골 사람들이 가을부터 음식을 준비할 만큼 연중 가장 중요한 명절이다. 한국에서 지내는 동안에는 그저 어린 시절 추억으로만 간직하고 있던 차강사르를, 이번에는 부모님 품에서 진짜 명절답게 지내고 왔다고 한다. 뭉흐툭수 씨의 이번 귀향은 무려 13년 만의 일이었다.

"그동안 집에 못 가서 얼마나 속상했는데요. 엄마가 정말 많이 보고 싶었어요. 매일 보고 싶었지만 특히 혼자 결혼했을 때랑 아이들 낳았을 때는 엄마 생각에 눈물이 났어요. 이제 다녀왔으니 걱정 없어요."

떠나올 때는 혼자였는데, 갈 때는 남편과 아이들이 함께

 몸이 으슬으슬할 때, 뭉흐툭수의 고릴태슐

했다. 큰아이 아밀랑은 아홉 살, 작은아이 항호르는 일곱 살이다. 한국에서 나고 자랐으니 아이들은 몽골 말을 하지 못한다. 아밀랑은 알아듣기는 하는데 말을 하지는 못한다. 할머니 할아버지가 묻는 말에 대답하고 싶지만 입에서 나오지 않는 말을 어찌한단 말인가. 아밀랑은 할머니 할아버지에게 간절하게 눈을 맞출 뿐 입을 열지는 못했다. 그 모습을 보며 뭉흐툭수 씨는 마음이 아팠다.

"말을 못하니까 애가 눈으로만 말하더라고요."

그 경험 때문인지 요즘 아밀랑은 몽골 말 배우기에 열심이다. 보이는 것마다 몽골 말 표현을 묻고, 잠자기 전 인사도 몽골 말로 연습한다.

"사이항 아므라라이안녕히 주무세요."

다음에는 할머니 할아버지께 이렇게 인사드리고 잠자리에 들 거란다.

심심할 때 꺼내 먹는 몽골 간식

집에 다녀온 뒤로 뭉흐툭수 씨는 몽골 음식에 대한 관심이 부쩍 높아졌다고 한다. 검역 때문에 식재료를 직접 들고 오지 못한 것이 아쉬워, 한국에서 구입할 수 있는 것을 죄다 찾

    1. 몽골의 집밥

아 사 놓았다. 그 덕에 주방이 풍요로웠다.

"이것 좀 보세요."

뭉흐툭수 씨가 귀엽게 자랑하며 상자를 열어 보여 주었다. 상자에 몽골 식품이 가득했다. 믹스 수테차, 몽골 양념과 여러 가지 소스, 아롤도 있다. 우유를 발효시키고 끓여 수분을 빼낸 것을 아르츠라고 하고, 아르츠를 적당한 크기로 잘라 햇볕에 바짝 말리면 아롤이 된다.

아무것도 넣지 않고 그냥 말리기도 하고, 설탕이나 블루베리 같은 과일을 넣어 맛을 내기도 한다. 심심할 때 꺼내 먹고, 손님이 오면 제일 먼저 대접하는 몽골 '국민 간식'이 바로 아롤이다. 아르츠는 국물 요리에 넣으면 풍미가 깊어진다. 아롤은 먹기 좋은 크기로 잘려 비닐로 낱개 포장되어 있었다. 내가 사탕 같은 아롤을 하나 깠더니 항호르가 "아, 냄새." 하며 코를 막았다.

"냄새나? 그 정도는 아닌데?"

내가 못 맡았나 싶어 코에 대고 킁킁거렸지만, 약간 시큼한 냄새가 날 뿐 코를 막을 정도는 아니었다.

"항호르가 냄새에 예민해요, 하하."

"미안, 항호르." 하며 아롤을 입에 넣으니 새곰하면서 단맛이 났다. 설탕을 넣은 아롤이었다.

   몸이 으슬으슬할 때, 뭉흐툭수의 고릴태슐

믹스 커피가 있듯이 믹스 수테차도 있다. 수테차는 양젖이나 소젖에 홍차 혹은 녹차를 넣고 끓여 소금을 넣은 차다. 몽골에서는 따뜻한 수테차를 보온병에 담아 두고 물처럼 마신다. 어떤 맛일까? 묽은 설렁탕에 소금을 넣은 듯 아주 익숙한 맛이다. 간간하고 따뜻하고 고소하다. 가루 형태인 믹스 수테차는 복잡한 과정 없이 뜨거운 물만 부으면 바로 수테차가 된다.

실은 엄마가 오랜만에 만나는 딸을 위해 챙겨 놓은 것이 많았는데 뭉흐툭수 씨는 가져오지 못했다. 해충이나 감염병이 들어오는 것을 막기 위한 검역이 엄격해서 육류 같은 것은 들여오지 못하기 때문이다.

"엄마가 좋은 고기 사서 정성 들여 말렸다고 보르츠육포를 잔뜩 주시는데 하나도 못 가져왔어요. 그걸 두고 오는데 계속 눈에 아른아른하더라고요. 그래도 괜찮아요. 많이 먹고 왔으니까."

몽골 사람들은 추워지기 시작하는 11월이면 고기를 말리기 시작한다. 3월까지 그대로 두면 딱딱하게 말라서 여름까지도 두고 먹을 수 있다. 유목을 하지 않는 뭉흐툭수 씨의 부모님도 오랜 풍습을 지킨다. 시장에서 좋은 고기를 사다 말리는 것이다.

"겨울 식량을 마련하는 거예요. 한국에서 겨울 오기 전에 김장하는 것과 같죠."

뭉흐툭수 씨가 재치 있게 비유했다. 부모님은 수도 울란바토르의 아파트에 사는지라 고기를 말릴 적당한 공간이 없어서, 시골 사는 이에게 바람 잘 통하는 창고를 얻어 쓴다. 그 계절이면 빨래처럼 줄에 널린 고기가 창고마다 그득하다.

칼국수를 닮은 고릴태슐

뭉흐툭수 씨가 고릴태슐을 만들었다. 고릴태는 면, 슐은 육수를 뜻한다. 국수를 넣어 끓이면 고릴태슐, 국수를 넣지 않은 것은 슐루라고 부른다. 슐루가 한반도로 전해져 설렁탕이 되었다는 이야기가 있다.

뭉흐툭수 씨에게 고릴태슐은 삼계탕과 비슷한 느낌이라고 했다. 몸이 으슬으슬하거나 아플 때, 보양식이 필요할 때 따뜻한 고릴태슐을 먹으면 몸과 마음이 풀린다고. 아프고 힘들 때면 뭉흐툭수 씨는 고릴태슐을 끓여 먹으며 엄마를 생각했다.

"고릴태슐은 칼국수와 아주 닮았어요. 감자, 당근, 양파를 넣어서 끓이기도 하고, 채소 없이 육수에 면만 끓이기도 해요."

　　　　　　　　　몸이 으슬으슬할 때, 뭉흐툭수의 고릴태슐

뭉흐툭수 씨가 애호박을 썰며 말했다. 강수량이 적고 겨울이 긴 몽골은 1년 중 9개월은 농사가 어렵다. 필요한 채소와 과일 대부분을 수입해야 하니 채소는 꽤나 귀한 존재다. 몽골에서 많이 먹는 채소는 감자, 당근, 오이, 양배추, 토마토 등이다. 애호박도 수입한다는 소식을 들었는데 몽골에 갔을 때 보지는 못했다고 뭉흐툭수 씨가 말했다.

"지금은 전보다 가게에 채소가 많아졌더라고요. 칼국수도 가게에서 다 살 수 있고요. 저 어릴 때는 집에서 밀가루 반죽하고 밀어서 국수를 만들어 먹었거든요."

13년 만에 고향에 갔으니 달라진 것이 어디 한둘일까? 그런데 꺼내 놓은 재료에 마늘이 없다.

"몽골에서 마늘은 잘 안 써요. 감기 걸렸을 때 말린 고기에 마늘, 후추 넣고 끓여서 몸보신용으로 먹기는 해요."

뭉흐툭수 씨가 채소와 소고기를 볶다가 물을 넣고 재료 맛이 우러나도록 끓였다.

"우리 엄마는 마른고기를 잘게 찢어서 육수를 만들어요. 푹 끓이면 마른고기 특유의 향이 깊어지고 고기가 퍼지면서 국물이 진해져요."

그런데 뭉흐툭수 씨가 보글거리는 국물에 마른 칼국수를 툭툭 짧게 잘라 넣는 것이 아닌가. 앗, 국수를 잘라? 젓가락보

다는 숟가락으로 떠먹어야겠는걸.

"맞아요. 숟가락으로 먹어야죠. 이 칼국수에는 간이 좀 되어 있네요. 소금을 조금만 넣어야겠어요."

조리를 마친 뭉흐툭수 씨는 민첩한 동작으로 고릴태술을 떠서 대접에 담아냈다.

"아르츠를 넣으면 참 좋은데, 우린 없으니까 대신 아롤을 넣어서 먹어 볼까요?"

제 엄마가 꺼내 주는 아롤을, "냄새 싫어요." 하며 아밀랑이 거절했다. 그 모습에 뭉흐툭수 씨가 아쉬운 미소를 지었다.

　　　　몸이 으슬으슬할 때, 뭉흐툭수의 고릴태술

"애들은 한국 음식을 더 잘 먹어요. 아마 학교에서 급식을 먹어서 그런 것 같아요. 하긴 제가 하는 음식도 완전 몽골식은 아니에요. 그렇다고 한국식도 아니고 그냥 제 맘대로요. 저는 미역국 끓일 때 두부를 넣거든요. 그 이야기를 하니까 한국 사람들이 그게 뭐냐고 웃더라고요. 몽골에서는 두부를 먹어 본 적이 없어요. 한국에서 처음 봤죠. 두부는 건강한 음식이니까 넣어 봤는데, 애들이 잘 먹어요. 그래서 저는 꼭 넣어요."

"아밀랑, 몽골에서 맛있는 거 많이 먹고 왔니? 뭐 먹었어?"

"보오츠요."

"또?"

아밀랑이 고개를 젓는다. 보오츠는 고기만두다. 아밀랑은 친척집을 오가며 보오츠만 먹었단다. 아밀랑은 그거밖에 먹을 게 없었다 말하고, 엄마는 다른 것도 많은데 네가 그것만 먹었다고 한다. 차강사르 때 집집마다 몇천 개씩 만들어 놓고 먹는다는 보오츠, 마을 사람들이 품앗이로 돌아가며 만든다는 보오츠다. 귀한 손님이었을 아밀랑은 가는 곳마다 보오츠를 융숭하게 대접받았을 것이다.

차강사르니 보오츠니 하는 이야기를 눈을 깜박이며 듣던 아밀랑이 제 엄마에게 속삭였다.

"엄마, 나 그 옷 입어 볼까요? 어쩌면 좀 작아졌을지도 모

　　　　　　　　　　　1. 몽골의 집밥

르겠어요."

차강사르 때 선물받은 몽골 옷이 있단다. "입어 봐, 입어 봐!" 하는 호들갑스러운 응원에 용기를 낸 아밀랑이 살그머니 들어가 옷을 갈아입고 나왔다. 다행히 아직 잘 맞았다. 병아리 색 원피스를 입은 아밀랑은 더없이 사랑스러운 몽골 소녀다.

   몸이 으슬으슬할 때, 뭉흐툭수의 고릴태슐

뭉흐툭수의 고릴태술 레시피

재료

칼국수 2줌

쇠고기 1컵

마른 표고버섯 2개

애호박 ⅓개

감자 1개

당근 ⅓개

양파 ½개

소금 ½작은술

국수 1줌(500원짜리

동전 크기 분량)

만드는 법

1 애호박, 감자, 당근, 양파를 먹기
좋은 크기로 썬다.

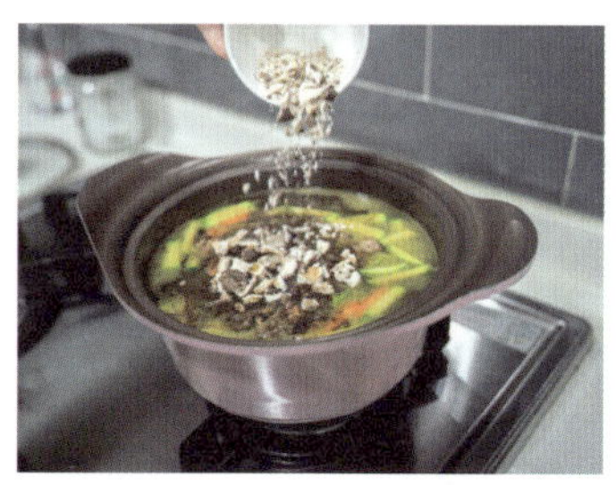

2 채소와 고기를 볶다가 물과 버섯
을 넣고 푹 끓여서 육수를 만든다.

3 육수에 칼국수를 짧게 잘라 넣어
6~7분가량 끓이고 소금으로 간을
맞춘다.

4 아르츠나 아롤을 넣어서 먹어 보
자. 새로운 맛을 느낄 수 있다.

②

베트남의 집밥

소고기를 간간하게 볶아서,
경아의 반미

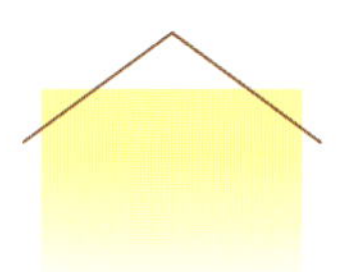

이주민 지원 단체에서 일하면서 여러 나라에서 온 사람들을 만났는데, 최근에 가장 많이 만난 이들은 베트남 출신 이주민들이다. 우리 사무실 주변에 가장 많이 살고 있는 이들도 베트남 사람들이다. 베트남 사람은 한국 전체 외국인 거주자 260만 명 중 31만 명으로 약 11퍼센트를 차지한다. 약 38퍼센트에 달하는 중국 사람 다음으로 많은 수다. 또 베트남은 요즘 한국인이 많이 찾는 해외여행지 중 하나다. 일본이 한국인 최다 방문 여행지이고 2위가 베트남, 3위가 태국이다.

한국인 관광객이 얼마나 많은지 베트남 중부 지역에 있는 다낭은 '경기도 다낭시'라는 애칭으로 불릴 정도다. 두 나라 사이의 교류가 늘면서 한국에서 베트남 음식의 인기가 높아지고 베트남 음식점도 늘어나고 있다. 한국인에게 가장 친근한 동남아시아 음식은 아마도 베트남 음식이 아닐까?

베트남을 대표하는 음식이라면 단연 쌀국수 '퍼'다. 중국의 밀국수 문화가 베트남에 전해지며, 베트남에서 많이 나는 쌀로 국수를 만들기 시작했다고 한다. 베트남에서 주로 나는 쌀은 인디카종으로 찰기가 적고 모양이 길쭉하다. 이를 한국에서는 안남미라고 부르는데, 찰기가 없다고 해서 '풀풀 날아가는 쌀'이라고 표현하기도 한다. 안남이라는 명칭은 중국 당나라 시절 지금의 베트남 지역에 안남 도호부를 둔 데서 유래한 것으로, 역시 베트남을 이르는 말이다.

이처럼 베트남에 쌀로 국수 종류를 만들어 먹는 문화가 오래전부터 있었다는 것은 널리 알려진 사실인데, 퍼가 어디서 어떻게 생겨난 음식인지에 관해서는 다양한 설이 있다고 한다. 그중 한 가지는 프랑스 식민 통치 시절에 시작되었다는 주장이다. 프랑스가 섬유 공장을 세웠던 베트남 북부 남딘 지역에서 프랑스인들이 먹지 않는 소뼈를 가져다 육수를 만들면서 소고기 쌀국수 퍼보가 생겨났고, 이후 하노이를 거치며 널리 즐기는 음식이 되었다는 것이다.

베트남 사람들에게는 이 설이 달갑지 않을 수도 있겠다 싶으면서, 나는 부대찌개를 떠올렸다. 6·25 전쟁 시기 미군 부대에서 흘러나온 소시지와 햄을 가져다 김치와 섞어 끓여 먹으면서 시작되었다는 찌개, 그래서 이름도 부대찌개. 아픈 역사는 이렇게 예기치 않은 음식을 탄생시키기도 한다.

다시 퍼 이야기로 돌아가자. 하노이식 퍼는 소뼈와 소고기를 끓여 진하게 우려낸 육수에 쌀국수를 말고 소고기와 쪽파, 양파 정도를 올린 깔끔한 방식이다. 농경 사회였던 한국이 농사를 돕는 소를 소중하게 여겼던 것처럼 베트남도 마찬가지였는데, 퍼보가 확산하며 소를 많이 도축하게 되자 베트남 정부가 소고기 판매를 제한하기도 했단다. 그래서 생겨난 것이 퍼가, 즉 닭고기 쌀국수다.

베트남이 북과 남으로 분단되는 과정에서 북쪽에서 남쪽으로 내려간 이들이 남부에 퍼를 확산시켰다. 열대 기후인 남부에서는 육수를 낼 때 향신료를 추가하고 숙주와 바질, 고수 등 향 채소를 넉넉히 넣어 먹는 방식으로 발전했다. 그 후 베트남이 사회주의 체제인 북베트남을 중심으로 통일되는 과정에서, 사회주의를 거부하는 남부 사람들은 목숨을 걸고 나라를 탈출했다. 이들이 여러 나라로 이주해서 퍼 장사를 하면서 남부식 퍼가 세계에 널리 알려졌다.

내가 일하는 단체 근처에 베트남 식당이 여러 개 있었는데, 식당 주인이 어느 지역 출신이냐에 따라 음식이 조금씩 달

 소고기를 간간하게 볶아서, 경아의 반미

랐다. 조그만 식당을 운영하는 경아 씨는 북부 출신이다. 경아 씨의 하노이식 퍼보는 맑고 깊다.

사탕수수주스도 팔고 꽃도 팔고

지금도 매일매일 바지런히 살고 있지만, 자기 식당을 열기까지 경아 씨는 더할 수 없이 열심히 살았다. 큰 사고를 당해 병원에 누워 힘겨운 나날을 견디던 남편을 돌보며 가족의 생계를 끌고 가야 했으니 말해 무엇 할까? 그때를 돌아보면 나까지도 가슴이 먹먹하다. 얼마나 힘들었느냐고 등을 토닥이니 경아 씨는 시어머니 덕분에 힘들지 않았다고 말한다. 고맙고 애달픈 시어머니가 도와주신 덕분에 그 시간을 버텼다고.

어떻게든 벌어야 하는 경아 씨였지만, 어린아이 셋을 시어머니에게 다 맡기고 직장에 갈 수가 없었다. 고민 끝에 경아 씨는 사탕수숫대를 눌러 즙을 짜내는 작은 기계를 하나 샀다. 기계를 친척 가게 앞에 두고 사탕수수주스를 만들어 팔았다. 장사하는 짬짬이 아이들을 돌보고 남편을 살폈다. 그리고 꽃도 팔았다. 작은 통 두어 개에 몇 가지 꽃을 담아 두고 꽃다발을 만들어 파는 정말 작디작은 꽃 장사였다. 경아 씨는 꽃을 사러 버스 타고 전철 타고 새벽 꽃 시장을 다녀온다고 했다.

2. 베트남의 집밥

나는 걱정이었다. 하루이틀이면 시들어 버릴 텐데 어쩌자고 꽃을 파는 것일까, 그 고생을 하고 사 오는 꽃이 안 팔리면 어쩌나.

내 걱정과 달리 꽃은 조금씩이지만 꾸준히 팔렸고 경아 씨는 꽃 장사를 이어 갔다. 경아 씨에게 꽃을 사는 이들은 모두 베트남 사람들이었다. 가끔 꽃 가게가 빛을 발하는 날도 있었다. 특히 '3·8 여성의 날'. 특별한 날인 줄도 모르고 있던 나에게 베트남 친구들이 놀러 왔다. 꽃다발을 한 아름 안고서.

"오늘 여성의 날이잖아!"

친구들은 어떻게 여성의 날을 까먹을 수 있느냐며 나를 놀리면서도 축하를 쏟아 주었다. 여성의 날을 이토록 귀하게 기념하는 이들이 있다니 고맙고 반가웠다.

"이렇게 예쁜 꽃을 어디서 샀대?"

"뗌한테 샀지. 지금 꽃집 난리 났어."

뗌은 경아 씨의 본래 이름이다. 구경하러 나가 보니 과연 그랬다. 가게 앞은 꽃으로 가득하고, 여성들 남성들 여럿이 가게에서 꽃을 사고 있었다. 경아 씨 손에서 바쁘게 만들어진 꽃다발이 손님들에게 안겨 나갔다. 여성이 여성에게, 여성의 날을 축하하고 격려하는 모습은 참으로 아름다웠다.

지금 한국에서 열심히 경제 활동을 하며 가족과 사회에

   소고기를 간간하게 볶아서, 경아의 반미

활력을 불어넣고 있는 이들은, 유교와 가부장제 역사 속에 전쟁을 겪으며 강인한 생활력으로 가족의 생계를 책임졌던 그 베트남 여성들의 딸들이다. 딸들은 현대화와 사회주의라는 날줄에, 여성의 평등과 존엄이라는 씨줄을 걸어 새로운 역사를 짜고 있다. 그날의 꽃은 베트남 여성들의 용기와 노력을 상징하는 것으로 보였다. 자기 식당을 낸 뒤로도 경아 씨는 여전히 꽃을 팔고 있다.

고수 먹어야 사람 된다

경아 씨는 내게 좋은 베트남 요리 선생님이다. 북부 음식은 물론이요, 중남부 음식에 대해서도 두루 잘 아는 데다 친절하기까지 해서 내 궁금증을 막힘없이 풀어 준다. 내가 보기에 베트남 음식은 대체로 조리 과정이 까다롭다. 가끔 친구들이 요리하는 모습을 구경하기도 했는데, 심오한 국물 내기 과정을 거쳐야 하는 쌀국수나, 다양한 향신료와 발효 식재료를 활용하는 음식은 너무 복잡하다. 국수 종류도 어찌나 다양한지 나는 매번 헷갈리고, 각 식재료의 차이와 역할은 아무리 설명을 들어도 머리에 들어오지 않는다.

다행히 간단한 음식도 있다. 이를테면 종이처럼 얇은 쌀

　　　　　　　　　　　　　　　2. 베트남의 집밥

전병 반짱에 고기와 국수 등을 말아 튀기는 넴베트남 남부에서는 짜조라 부른다, 강황을 넣어 노랗게 부치는 부침개 반쌔오, 반짱에 채소와 새우, 고기, 국수를 말아 양념장 느억짬에 찍어 먹는 고이꾸온 같은 음식 말이다. 경아 씨는 초보자가 배우기에는 반미가 가장 좋다고 했다.

반미는 프랑스 식민 통치 시절 프랑스에서 넘어온 바게트 빵에서 시작되었다고 한다. 당시 베트남에는 나지 않아 수입해야 하는 비싼 밀 대신 쌀로 빵을 만들면서 대중적으로 확산되었다. 반미 빵은 겉이 얇고 바삭하고 속은 부드럽다. 그냥 뜯어 먹기도 좋고 샌드위치로 만들어 먹기도 좋다. 소고기, 닭고기, 돼지 껍질, 계란, 소시지와 토마토, 고수 등 속 재료를 다양하게 넣을 수 있다.

"베트남에서는 반미를 무척 다양하게 만들어요. 자기가 먹고 싶은 대로 만들면 되는데, 우선 제 방식을 알려 줄게요."

경아 씨 반미는 고기를 넣었어도 새콤한 맛이 나서 느끼함이 거의 없다.

"우리 집은 무채초절임을 넣어요."

무채초절임은 만들어 놓고 한 시간쯤 후면 먹을 수 있지만 하룻밤 재운 것이 가장 맛있다고 한다. 만드는 방법은 간단하다. 물 1컵, 식초 1/4컵, 설탕 1/4컵, 소금 1/2작은술을 함께

끓여 식힌 물에 무와 당근을 채 썰어서 담가 둔다.

"양이 달라지더라도 이 비율을 지키면 되니까 기억해 둬야 해요."

무채초절임이 있으면 그다음은 어려울 것이 없다. 경아 씨는 불고기용 소고기를 썼는데, 샤브샤브용을 써도 괜찮다고 했다. 소고기를 불고기 양념으로 간간하게 볶았다. 에어프라이어로 반미용 빵을 바삭하게 구워 가운데를 길게 갈랐다. 빵 사이에 상추를 끼워 넣고 무채초절임과 볶은 소고기, 마요네즈와 칠리소스, 고수를 넣었다.

    2. 베트남의 집밥

"고수가 싫으면 당귀를 넣어도 되고요, 오이를 얇게 썰어 넣어도 좋아요."

가르침대로 하니 과연 근사한 반미가 만들어졌다. 반미 하나로 의기양양해하고 있는데 마침 소윤이가 가게로 들어왔다. 큰아이 소윤은 엄마를 닮아 활기차고 명랑하다.

"어! 반미 만들었어요? 칠리소스를 바꿨어요, 엄마?"

엄마 일에 무관심하기 일쑤인 또래들과 달리 소윤은 가게 물건들을 샅샅이 알고 있다. 달라진 것을 금방 알아봤고, 물건 가격도 다 꿰고 있었다.

"소윤아, 나 방금 반미 만드는 거 배웠는데, 너도 만들 줄 알아?"

"그럼요. 짜장면엔 단무지, 반미에는 무생채! 무생채가 제일 중요해요. 무생채 없으면 맛이 없어요."

소윤이는 노래를 섞어 말을 쏟아 냈다. 옛날 옛적 부르던 노래, 짜증 날 땐 짜장면, 우울할 땐 울면. 그 가락에 맞춰 부르는 짜장면엔 단무지, 반미에는 무생채! 요즘 아이들도 그 노래를 아는구나!

"네 친구들도 반미를 좋아해?"

"글쎄요, 애들이 반미를 알까요?"

친구들에게 반미를 소개한다면 어떻게 소개할 거냐고 물

　　　　　　소고기를 간간하게 볶아서, 경아의 반미

으니 소윤은 잠시 고개를 갸우뚱했다.

"애들아, 반미란 것은 말이야, 일단 먹어 봐야 한다. 어디서 먹냐고? 우리 엄마 가게로 가야 돼. 우리 엄마한테 반미를 시키고, 사탕수수주스랑 꼭 같이 먹어. 안 그러면 목 막혀. 그리고 애들아, 고수를 꼭 넣어 달라고 해라. 고수 먹어야 사람 된다."

그러곤 저 혼자 깔깔 웃는다.

"아니, 나는 반미가 아니라 분옥을 소개하고 싶은데요. 분옥!"

경아 씨네 식당에는 반미와 퍼보, 퍼가 외에 분옥도 있다. 그중에서 소윤이 가장 좋아하는 것은 분옥, 우렁이 쌀국수란다. 쌀국수라면 퍼보가 제일인 줄 알았던 나 역시 경아 씨 식당에서 분옥을 맛보고 생각이 좀 달라졌다. 우렁이 살과 죽순이 푸짐하게 들어 있는 분옥에, 식초에 담근 마늘과 다진 고추를 넣어 먹으면 그 맛이 아주 매력적이다. 서로 분옥 애호가임을 확인한 우리는 하이파이브를 했다.

지난여름, 경아 씨는 아이 셋을 데리고 베트남에 다녀왔다. 칠순을 맞은 친정어머니를 축하하는 잔치가 열렸던 것이다.

"행복했죠. 엄마 아빠 만나고, 형제들도 다 보고요."

즐거운 미소를 지으며 경아 씨가 스마트폰을 열어 사진을

　　　　　　　　　2. 베트남의 집밥

보여 주었다. 세련된 모습의 어머니와 아버지, 두 오빠와 동생 네 가족들, 그리고 경아 씨와 삼남매가 함께 찍은 사진은 화사하고 즐거웠다. 소윤은 파티복으로 디자인한 분홍색 아오자이를, 둘째 범용은 양복바지와 흰 셔츠에 빨간 머플러를 맸다.

“네 옷이 젤 예쁘다, 소윤아!”

내 말에, 엄마에게 기대 함께 사진을 보던 소윤이 입을 삐죽였다.

“아녜요. 이모랑 같이 옷을 고르러 갔는데요, 저는 빨간색이 정말 마음에 들었는데 이모가 분홍 옷이 예쁘다고 그거 입으라는 거예요. 빨강 옷이 더 좋다고 말하고 싶은데 베트남 말을 몰라서 못 했어요. 앙!”

소윤은 입어 보지 못한 빨강 아오자이를 떠올리며 반미를 앙 베어 물었다. 씩씩한 엄마와 똑 닮은 딸을 보고 있자니 웃음이 절로 나왔다. 혼자 일하느라 종종거리면서도, 경아 씨는 인근 학교나 청소년 시설에서 베트남 음식 강좌를 청하면 두말 않고 달려간다. 앞으로 소윤이 삼남매와 어울려 살아갈 청소년들이니 베트남을 친근하게 느꼈으면 좋겠다는 바람에서다. 여성의 날에 꽃을 나누는 여성들, 경아 씨들의 딸들은 또 어떤 세상을 열어 갈까? 그 세상을 기대하고 응원한다.

 소고기를 간간하게 볶아서, 경아의 반미

경아의 반미 레시피

재료	무채초절임 재료
반미 빵 2개	무 ¼개
소고기 불고기감 1컵	당근 ¼개
무채초절임 1컵	물 1컵
상추 4장	식초 ¼컵
고수 4뿌리	설탕 ¼컵
소불고기 양념 1큰술	소금 ½작은술
칠리소스 1큰술	
마요네즈 1큰술	

1 물, 식초, 설탕, 소금을 넣고 끓여 식힌다.

2 무와 당근을 채 썰어 식초 물에 담근다. 한 시간쯤 후면 먹을 수 있고, 하루 익히면 제일 맛있다.

3 프라이팬에 기름을 약간 두르고 소고기를 소불고기 양념으로 볶는다.

4 에어 프라이어로 바삭하게 구운 빵을 갈라 상추를 끼우고 무채와 볶은 소고기, 마요네즈, 칠리소스, 고수를 끼워 넣는다.

고려인의 집밥

당근이 오독오독,
텐타마라 할머니의 마르코프차

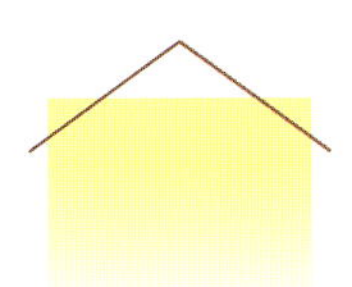

'마르코프차'라는 음식이 있다. 채 썬 당근을 양파 볶은 기름으로 버무린 음식이다. 이 음식의 주인은 고려인이다. 1800년대 후반에서 1900년대 초반 사이, 굶주림과 일본의 압제를 피해 조선을 떠나 러시아 연해주 프리모르스키 크라이로 이주했던 한인들이 있다. 주로 평안도, 함경도 사람들이었다. 이들의 후손이 고려인이다.

한인들이 이주할 즈음 러시아는 공산주의 혁명을 거쳐 소련소비에트 사회주의 공화국 연방이 되었다. 1937년 소련의 지도자 스탈린은 17만 명이 넘는 연해주 한인들에게 강제 이주 명령을 내려 중앙아시아로 옮겨 가게 했다. 그 이유에 대해서는 여러 의견이 있다. 당시 일본이 만주 지역을 장악하고 중국 본토를 침공했기 때문에, 소련은 이 지역의 안보를 심각하게 보고 있었다. 소련은 일본 첩자의 활동을 막기 위해 골몰했는데, 한인이 일본인과 외모가 비슷해서 간첩을 잡아내기 어려워 한인 강제 이주 정책을 폈다는 해석이 있다. 또 당시 중앙아시아 지역의 농업 생산력을 높이기 위해 농업 기술이 뛰어난 한인을 이주시켰다는 이야기도 있다.

이유가 무엇이든 한인에게는 날벼락 같은 일이었다. 급하게 짐을 꾸려 트럭이나 버스를 타고 기차역으로 이동해 간 한인들은, 창문도 없는 짐칸과 가축용 운송 칸에 실려 40여 일을 이동했다. 물도 식량도 부족했던 고통스러운 이동 과정에서 500명 넘는 이들이 슬픈 목숨을 잃었다. 살아남아 대륙에 흩뿌려진 한인들은 강인한 생명력으로 버텨 내며 농사를 지었다.

1991년 소련이 해체되어 우즈베키스탄, 카자흐스탄, 키르기스스탄, 러시아 등 여러 나라로 분리 독립했다. 독립국들은 각각 민족주의를 강하게 내세우며 러시아어 대신 자기 민족 언어를 되살리기 시작했다. 러시아어를 모어로 하는 고려인들은 또다시 터전에서 밀려나 낯선 곳으로 옮겨 가며 삶을 일구고 있다. 그 일부는 지금 대한민국에서 살고 있다.

그런데 애초 조선 땅을 떠났던 조선 백성들이 어떻게 스스로를 '고려 사람'이라 부르게 된 것일까? 몇 가지 설이 있지만,

　　　　　　　　　　　　3. 고려인의 집밥

주된 설은 그 이유를 러시아어 카레야한국, 카레이츠한국 사람에서 찾고 있다. 한국, 한국 사람을 뜻하는 영어 표현 코리아, 코리언이나 러시아어 카레야, 카레이츠 등은 과거 활발하게 무역 활동을 벌였던 고려에서 비롯되었다고 한다. 러시아어 권역에 속했던 한인들이 카레이츠를 다시 번역하여 스스로를 '고려 사람'이라 칭했을 것이라는 추측이다. 이 명칭은 1920년대부터 사용된 흔적이 있다고 한다. '고려 사람'을 '고려인'으로 고쳐 부른 것은 요즘 한국인들이다.

빅토르 씨의 사연

빅토르 씨는 고려인 4세다. 오래전 임금 체불 문제로 우리 단체를 찾아왔던 인연으로 친구가 되었다. 증조할아버지가 가족을 이끌고 조선을 떠나 연해주로 옮겨 가면서 이주의 삶이 시작되었다. 비교적 이르게 한국에 와서 정착한 빅토르 씨는 줄곧 고려인들의 생활을 돕고 있다. 한국으로 오기 전 카자흐스탄에 살 때, 빅토르 씨는 카레이츠들은 좀 다르다는 이야기를 가끔 들었다. 예의 바르고 성실하고 서로 잘 돕는다는 긍정적인 평이었다.

"내 생각에도 고려인들은 똘똘 뭉치는 경향이 있어요. 우

 당근이 오독오독, 텐타마라 할머니의 마르코프차

리 할아버지, 아버지 들이 강제로 쫓겨나고 옮겨 다니며 살아 그런 것 같아요. 우리끼리 돕지 않으면 아무도 우리를 도와주지 않으니까, 어떻게든 살아남으려고 더 애쓰고 적극적이었던 거지요."

자부심을 느끼며, 그것이 한인의 공통된 특성일 거라고 생각했는데 막상 한국에 와 보니 그렇지 않더란다. 한국 사람들은 고려인을 좀 아래로 본다는 느낌이다. 고려인이 한국어를 잘 못하기 때문일까, 한국인이 안 하는 험한 일을 해서일까? 고려인이 중앙아시아에서 살아 내느라고 애썼던 것, 강한 생활력과 성실함으로 이룬 것들이 한국에서는 부정당하는 느낌이다.

"고려인 역사, 고려인 문화, 고려 말, 고려 음식. 이런 거를 우리가 소중하게 지켜 왔거든요. 칭찬받을 일이잖아요. 그런데 여기서는 아니죠. 아무것도 아니다, 촌스럽다, 요즘 누가 그런 걸 지키느냐, 오히려 비난받는 느낌이라니까요."

그런 사회적인 상황과 맞물려 고려인 가정들은 저마다 그 나름의 문화적 간섭과 갈등을 겪고 있다. 세대별로 다른 주된 언어와 문화가 가정에서도 그대로 작용하기 때문이다. 빅토르 씨의 아버지 세대는 고려인이라는 정체성이 강하고 고려 말과 문화를 소중하게 여긴다. 그런 가르침 속에 자랐지만, 빅토르 씨는 러시아어를 모어로 하고 러시아 문화에 익숙하다. 빅

   3. 고려인의 집밥

토르 씨의 아이들은 유년 시절에 한국에 와서 자라고 있는지라 한국어가 주된 언어이고 한국 아이들의 문화를 그대로 따른다.

"밖에서 보면 좀 혼란스럽게 보일 수도 있는데, 우리 집에서는 이제 익숙해진 일이에요. 시간이 지나면서 자연스럽게 정리되겠지요. 우리 식탁에는 세 가지 음식이 다 있어요. 고려인 음식, 러시아 음식, 한국 음식. 점점 한국 음식이 강해지지 않을까요?"

텐타마라 할머니와 시래기된장국

고려인 음식에 대해 더 알고 싶어서 안산시고려인문화센터에서 활동하는 텐타마라 할머니를 소개받았다. 고려인 3세 텐타마라 할머니의 본래 성은 전씨라고 했다. 전씨였던 할머니의 할아버지가 소련에서 이름을 등록하는 과정에서 텐씨로 바뀌었다. 강제 이주 때 십 대였던 텐타마라 할머니의 아버지는 우즈베키스탄에 살며 텐타마라 할머니를 낳았다. 텐타마라 할머니는 소련이 해체된 뒤 러시아로 옮겨 갔다가 다시 한국으로 이주해서 10년째 살고 있다. 할머니는 고려 말을 한다.

"러시아 말 하게 아버지 안 됐지. 고려 사람은 고려 말 해

 당근이 오독오독, 텐타마라 할머니의 마르코프차

야 한다고.”

고려 말은 한국어와 뿌리가 같지만 냉전 시기 단절되어 한반도와 교류가 어려웠던 탓에 러시아어의 영향을 받으며 독자적으로 발전했다. 할머니 세대는 부모에게 배우거나, 소수 민족 언어 교육을 실시했던 학교에서 배워 고려 말을 한다. 그 다음 세대부터는 러시아어를 모어로 하기 때문에 고려 말은 지금 사라져 가는 중이다. 최근에 들어서야 고려 말을 연구하고, 구술 발화를 채록하여 보존하려는 노력이 진행되고 있다고 한다.

덴타마라 할머니는 자신의 고려 말이 정작 한국에서는 잘 통하지 않는다는 것을 알고 적잖이 놀랐다.

“우리 여기 와서 한국말 몰라서 말도 못했어. 말이 비슷한 거 같지만 달라. 나는 조금 알아들어도 내 말을 못 알아들으니까 부끄러워서 말 못했지. 내가 같이 일하는 한국 사람한테 ‘시락장무리 먹겠니?’ 하고 말하니까 못 알아듣고 ‘뭐? 뭐?’하면서 자꾸 웃지. 잘못 말했나 하고 무섭지, 나는. 그래서 말을 못했어.”

“시락장무리가 뭐예요?”

“시래기된장국! 하하.”

텐타마라 할머니는 요양 병원에서 일하며 돌보던 나이 많은 한국 할머니에게 한국말을 배웠다.

"신기하게 할머니가 내 말을 잘 알아들었어. '서방간다'는 말도 할머니가 알아듣는 거야. 그게 장가간다는 말이거든. 젊은 사람들은 못 알아듣는데 그 말을 알더라고."

서방간다는 나도 처음 듣는 말이어서 사전을 찾아보니, 보란 듯이 적혀 있다! 할머니는 한국 할머니 덕분에 조금씩 자신감을 얻었다. 그래도 한국말 발음은 여전히 어렵다. 같은 말이라도 고려 말 발음은 센데 한국말은 연하다. 할머니는 연한 발음이 잘 안 나온다.

이에다 할머니의 고려인 음식

고려인 3세 이에다 할머니가 한국인들에게 고려인 음식을 소개했다. 센터가 운영했던 행사 '이웃과 함께하는 고려인 이야기'에서다. 첫 시간에는 조선 말기 연해주, 만주, 하와이, 멕시코 등지로 떠났던 한인들에 대해 이야기하고, 둘째 시간에는 이에다 할머니가 손녀와 함께 고려인 음식 조리법을 소개했다. 그뿐만 아니라 미리 준비한 음식을 정성스럽게 대접했다.

음식이 하나씩 차려질 때마다 한국인 참여자들이 우와,

 당근이 오독오독, 텐타마라 할머니의 마르코프차

하며 감탄했다. 상차림이 정말 대단했다. 고려인 음식인 국시, 베고자, 짐치, 마르코프차부터 러시아 음식인 양고기 꼬치구이 샤실리크, 볶음밥 플롭, 화덕에 구운 둥글고 납작한 빵 레표시카까지. 고려인 음식과 러시아 음식을 한 상에 차려 같이 먹어도 잘 어울렸다. 고려인의 음식에도 우크롭딜, 쿠민 같은 중앙아시아에서 많이 쓰는 식재료가 배어들었다.

국시는 삶은 소면에 오이무침, 양배추볶음, 돼지고기볶음과 계란 지단 고명을 듬뿍 올리고 간장, 소금, 설탕, 식초로 맛을 낸 냉국을 부어 만들었다. 국물에 고수, 우크롭, 오이, 토마토, 고추를 썰어 넣기도 하는데, 이날엔 건더기 없이 국물만 준비했다. 향이 있는 고수나 우크롭은 한국인들이 먹기 어려울 거라 안 넣었다고, 이에다 할머니가 설명했다. 국시는 상큼하고 시원했다.

베고자는 양배추와 고기로 속을 넣은 만두다. 만두피가 밀가루냐, 쌀가루냐, 감자 전분이냐에 따라 모양과 맛이 다르다. 이날은 감자 전분으로 만든 베고자를 선보였는데 풍부한 육즙을 품은 투명한 만두피가 쫄깃하고 정갈했다.

짐치는 그 시작이 김치와 같은데, 고려인의 이주와 함께 중간에 갈라져 다르게 발전하고 계승된 음식이다. 짐치는 젓갈을 넣지 않고 소금과 고춧가루로 버무렸다. 김치보다 짠맛이 더 강한 느낌인데, 이는 한국에서 주로 먹는 천일염에 비해 짠맛과 쓴맛이 강한 중앙아시아의 암염을 쓰기 때문이란다. 양념으로 상채고수 씨앗 가루를 넣기도 한다.

선명한 주황색이 화사한 당근김치도 있었다. 김치라는 이름이 붙어 있지만, 소금에 절이고 양념으로 버무려 발효시키는 음식은 아니다. 당근볶음과 생채의 중간쯤 되는 식감과 맛인데, 중앙아시아에서는 '카레이스카야 마르코비한국식 당근' 혹은 '카레이스키 살라드한국 샐러드'라고 부른다. 고려인들은 마르코프차라고 부른다. 당근을 이르는 러시아어 마르코비와, 길쭉하고 잘다는 의미의 고려 말 '채'가 합쳐져 만들어진 말이란다. 고려 말 채가 한국말에도 그대로 쓰일까? 물론 무척 흔하게 쓰인다. 채 썰다, 무채, 오징어채! 어디 가면 이 음식을 먹을 수 있느냐는 참여자의 질문에 이에다 할머니가 답했다.

"고려인 마을 러시아 음식점 가면 다 있어요. 그거 먹고 싶으면 사진 찍어 가요. 이름 잊어버리면 사진 보여 주면 되니까."

그 말에 다들 웃었지만, 사진 찍어 놓으라는 조언은 진한 경험에서 나온 것이었다.

"우리도 한국말 모를 때 그렇게 배웠지. 필요한 거 사진 찍어 놨다가 슈퍼 가서 이거 달라고 했어요. 약국 가도 약 이

     당근이 오독오독, 텐타마라 할머니의 마르코프차

름 모르니까 사진 보여 주면서 이거 달라고."

우리 다 한민족인데

마르코프차 만드는 방법을 전수해 달라 청하니 텐타마라 할머니와 이에다 할머니를 비롯해 다섯 할머니가 모였다. 할머니들은 안산시고려인문화센터 방과 후 한국어 교실에 손주들을 데리고 다니다가 만나 친해져 어머니 봉사단을 만들었다. 봉사단은 똘똘 뭉쳐 다니며 한국 사회에 고려인의 문화와 살아온 이야기를 전하기 위해 노력한다. 고려인들이 여기서 사랑받으며 자리 잡기를 바라는 마음이 깊다. 지난가을, 할머니들은 한 초등학교 행사에 참여했다고 한다.

"얼마 전에 우리가 초등학교에 가서 아이들한테 바우르사키미니 도넛를 나눠 줬지."

"아이들이 맛보고 뭐라고 해요?"

"프쿠스나맛있어요, 그러지."

"아이들이 러시아 말을 알아요?"

"옆에서 고려인 청년들이 러시아 말 몇 개를 가르쳐 줬지. 그러니까 알지."

봉사단은 고려인의 이주 역사와 업적도 소개했다.

"한국 아이들도 고려인이 누군지 알아야지. 우리 아이들하고 같이 공부하고 노는데 서로 알아야지. 모르는 아이는 우리보고 외국 사람이라고 해요. 우리 다 한민족인데."

"한국 어른들은 어때요? 같은 민족이라고 생각하는 것 같아요?"

"우리는 그렇게 생각하는데, 한국 사람들은 안 그래요. 여기서 나는 외국 사람, 우리 아들도 외국 사람, 그런데 우리 손주들은 한국말 잘하고 한국 아이들이랑 학교에서 같이 공부하니까 한국 사람으로 생각하지 않을까?"

고려인처럼 '대한민국 국적을 가지고 있지 않은 한민족의 일원'을 '외국 국적 동포' 또는 '재외 동포'라고 부른다. 이중 재외 동포는 더 의미가 넓은 용어로, 대한민국 국적을 '가지고' 해외에 살고 있는 '재외 국민'도 포함한다. 한국에서 지내는 외국 국적 동포가 동포 비자를 가지면 비교적 안정된 생활을 할 수 있는데, 고려인 중에는 절반가량만 그 비자를 가졌다. 나머지 절반은 허가받은 체류 기간이 짧아 생활이 불안정하다. 고려인 커뮤니티는 한국 정부에, 고려인들이 좀 더 쉽게 정착할 수 있도록 동포 비자를 폭넓게 인정해 달라고 요청하고 있다. 할머니들의 마음도 이와 같다. 할머니들은 손주들이 또 다른 나라로 떠밀리는 일 없이 여기서 오래도록 살기를 바란다.

 당근이 오독오독, 텐타마라 할머니의 마르코프차

　왁자한 수다 속에서도 할머니들은 부지런히 손을 움직이며 마르코프차를 만들었다. 당근을 채 썰어 소금에 절여 놓고, 경쾌한 소리를 내며 칼질해서 양파를 썰었다. 마늘을 다져 양파와 함께 기름에 볶았다. 갈색이 나도록 볶아지면 고춧가루를 넣고 더 볶았다. 볶는다고 말하지만 튀기는 것에 가까울 만큼 기름 양이 많았다. 양파 기름이 완성되자, 절여 둔 당근을 꼭 짜서 양파 기름, 식초, 설탕, 소금, 상채 가루를 넣고 버무렸다. 마르코프차가 완성되었다. 후다닥, 번개같이 만들어진 마르코프차는 화사하고 새콤했다. 할머니가 입에 넣어 준 당근

　　　　　　　　　　　　　　　3. 고려인의 집밥

을 씹으니 오독오독 했다. 마늘과 양파 향이 어우러진 당근이 식초 덕분에 새콤하고 기름 덕분에 부드럽다.

"우리는 마르코프차 항상 만들어서 냉장고에 넣어 놓지. 식초를 넣으니까 며칠 두고 먹어도 괜찮아. 우리는 이거 만드는 법을 우리 어머니들한테 배웠어. 어머니 때 갑자기 중앙아시아로 쫓겨 갔으니 무, 배추가 없었지. 거기서 흔하던 당근으로 이걸 만들어 먹었대. 우리 때는 무, 배추, 양배추, 오이 다 길러서 먹었지. 무짐치, 배차짐치도 다 해 먹었지."

마르코프차는 밥반찬으로도 좋고, 레표시카에 끼워 먹어도 좋다. 국시랑 먹어도 맛있다. 고기와 같이 먹으면 진짜 최고다.

"시장이나 큰 슈퍼마켓에 가도 마르코프차가 다 있어. 고려인만 먹는 게 아니라 거기 사람들도 다들 좋다고 사 먹지."

마르코프차가 기름진 고기와 잘 어울려서 거기 사람들도 좋아하는 거라고 텐타마라 할머니가 더 설명했다.

"우리는 마르코프차가 한국 음식인 줄 알았지. 그런데 한국에 오니까 한국 사람들은 이걸 하나도 모르더라고. 그제야 알았지. 이거는 한국 음식이 아니구나, 고려인 음식이구나."

할머니들이 사발 두 개를 엎어 푸짐하게 싸 준 마르코프차를 냉장고에 넣어 두고 며칠을 재미나게 먹었다. 냉장고를 열 때마다 할머니들 웃음소리가 생각났다.

　당근이 오독오독, 텐타마라 할머니의 마르코프차

텐타마라 할머니의 마르코프차 레시피

재료

당근 3개

양파 ½개

마늘 4쪽

식용유 1컵

설탕 ½큰술

소금 ½큰술

식초 1큰술

고춧가루 1큰술

상채 가루 1큰술(상채 가루
＝고수 씨앗＝코리앤더)

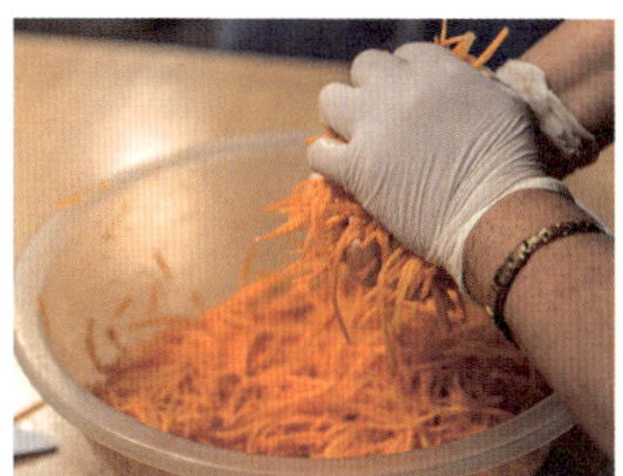

1 당근을 채 썰어 10분 정도 소금에 절여 뒀다가 물을 꼭 짜낸다.

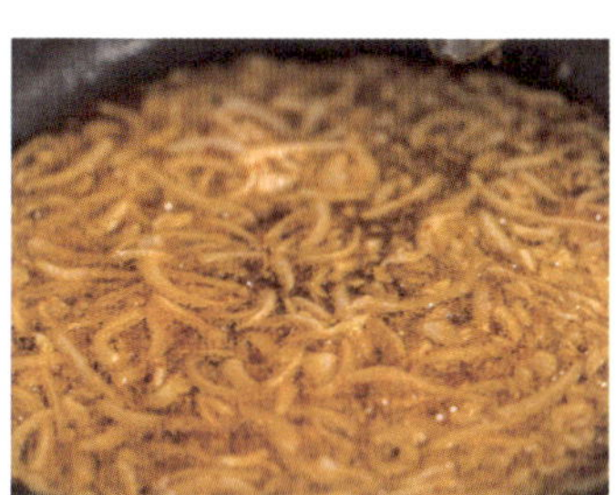

2 넉넉한 기름에 채 썬 양파와 다진 마늘을 넣고 갈색이 될 때까지 볶다가 고춧가루를 넣고 더 볶아서 양파 기름을 만든다.

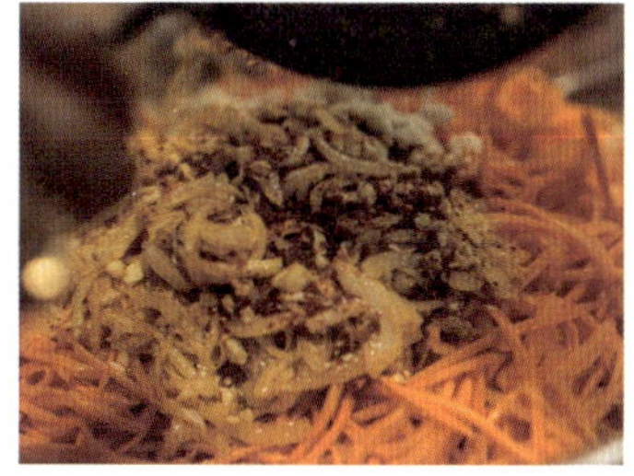

3 당근에 양파 기름을 넣고 식초, 설탕, 소금, 상채 가루를 넣어 무친다. 양파 기름이 뜨거울 때 버무려도 좋고, 기름을 식혀서 버무려도 괜찮다.

4

네팔의 집밥

부드럽고 아늑한,
로션의 자울로

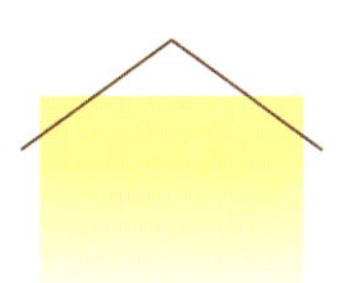

네팔에서 온 로선은 내게 여전히 멋진 배우다. 오래전 로선은 〈월급날〉이라는 노래의 뮤직비디오에 주인공으로 출연했다. 이주 노동자 밴드 '스탑크랙다운'이 부른 이 노래에는 "오, 사장님 안녕하세요, 오, 사모님 내 월급을 주세요." 하며 절규하는 이주 노동자의 모습이 담겨 있다.

뮤직비디오는 이렇다. 아침 잠자리에서 벌떡 일어난 로선이 달력을 본다. 월급을 못 받은 달마다 빨간 X 표가 그려진 달력. '오늘은 꼭 받아서 가족에게 보내야지.' 이런 마음으로 로선은 씩 웃으며 출근길로 나선다. 회사 가는 길에 놓인 공중전화, 로선은 고향집에 전화를 걸어 말한다. 곧 돈을 보낼 거라고, 내 걱정은 하지 말라고. 그러나 회사에 도착한 뒤 한국인

    부드럽고 아늑한, 로선의 자울로

동료들은 다 받아 가는 월급을 외국인인 로선만 또 못 받는다. 당혹감으로 가득한 로선의 얼굴, 축 처진 어깨, 힘없는 발걸음.

스탑크랙다운 밴드는 활동을 멈춘 지 오래지만, 나는 이 뮤직비디오를 자주 보며 밴드와 로선에게 고마움을 느낀다. 임금 체불이나 차별 등 이주 노동자가 겪는 어려움을 이야기할 때, 말로만 전하는 것보다 이 뮤직비디오를 같이 보면 공감의 깊이가 달라진다. 고단한 노동 생활 중에도 이 노래를, 이 영상을 만들어 준 이들이 얼마나 고마운지! 나 혼자 이렇게 '덕질'하는 사이, 청년이었던 로선은 초등학생 아이를 둔 아빠가 되었다.

네팔 아기들의 이유식

로선이 아들 안롯을 위해 자울로를 만들었다. 네팔 사람들은 아기 때 이유식으로 자울로를 처음 만나서 아플 때, 부드러운 음식이 필요할 때 자울로를 끓인다. 죽을 대하는 한국인의 자세와 아주 닮았다. 자울로는 한국 채소죽과 흡사해 보이지만 맛과 향이 다르다. 달, 쿠민, 강황, 호로파 씨앗이 만들어 낸 다름이다. 달은 렌틸콩이나 녹두같이 말려서 먹는 작은 콩을 반으로 갈라 놓은 것을 말한다.

4. 네팔의 집밥

인도 문화권에서는 여러 향신료를 섞어 만든 양념을 마살라라 부른다. 마살라라는 말은 낯설지만 의외로 한국에서도 쉽게 찾아볼 수 있다. 카레 가루가 바로 그것, 한국식 마살라다. 카레의 원재료를 살펴보면 쿠민, 호로파, 강황이라 적힌 것을 확인할 수 있을 것이다. 그런데 죽에 마살라를 넣는다고?

로선이 연 싱크대 서랍에 향신료가 가득하다. 쿠민, 코리앤더, 후추, 팔각, 호로파 씨앗, 강황, 카다멈, 블랙카다멈, 베산, 찌아홍차, 마살라찌아, 여러 마살라를 미리 배합해 놓은 가람마살라 등이 들어 있는 통이 스무 개가량이나 된다. 뚜껑마다 향신료 이름이 쓰여 있다. 물론 네팔어다.

나는 로선을 귀찮게 하며 하나하나 이름과 쓰임을 물었다. 병아리콩 가루인 베산은 아시아 요리에 두루 쓰이는 식재료란다. 질문과 대답이 계속되니 안롯도 조그만 머리를 디밀고 자기 집에 늘 있던 것들을 처음 보는 듯 살폈다.

"신기하지?"

안롯이 고개를 끄덕였다. 로선은 쿠민과 강황, 호로파 씨앗을 꺼냈다.

"지금은 네팔 집마다 이런 향신료를 다 갖추고 있지만 옛날에는 안 그랬어요. 쿠민하고 강황, 소금만 있으면 음식 다 했어요. 시골에서 양념을 고루 살 수 없으니 그것만으로도 맛있

　부드럽고 아늑한, 로선의 자울로

게 먹을 수 있었죠."

로선이 냉장고에서 채소를 꺼내 씻으며 말했다.

"채소는 특별히 뭘 넣어야 한다는 게 없으니까 그때그때 냉장고에 있는 거 넣으면 돼요."

로선은 자포니카종 오대미와 인디카종 바스마티 쌀을 반씩 섞었다. 자포니카종이니 인디카종이니 하는 이름이 매우 낯설다. 익숙한 표현으로 바꾸어 보면 이렇다. 로선은 짧고 둥근 한국 쌀과 가늘고 긴 안남미를 반씩 섞었다. 압력솥에 기버터를 녹이고 쌀과 달, 강황, 쿠민, 호로파 씨앗을 넣고 볶다가

잘게 썬 채소를 다 넣어 잠시 더 볶았다. 소금을 두 꼬집 넣고 넉넉하게 물을 부어 저어 주고 압력솥 뚜껑을 꼭 닫았다. 10분 정도 끓여야 한다.

재료와 도구를 다루는 로선의 손놀림이 꽤나 능숙하다.

"아빠가 집에서 요리 자주 하시니?"

"아빠도 해요. 엄마가 더 많이 해요."

안롯은 솔직하게 말한 게 미안한지 제 아빠를 쓱 올려다 봤다.

"네팔에서는 남자들이 부엌에 들어가지도 않던데 요리를 어떻게 배웠을까요?"

"우리 식당 바쁠 때 요리사 도와주면서 배웠어요."

지금은 접었지만 로선은 한때 네팔·인도 레스토랑을 직접 운영했다. 지금은 여러 레스토랑을 운영하는 회사에서 지원 업무를 하고 있다.

"옛날 네팔에는 남자가 요리하는 문화가 아예 없었어요. 지금은 많이 변했어요. 우리 아버지는 지금도 부엌에 안 들어가시지만, 저는 집에 가서도 요리해서 누나 여동생들 초대하고 그래요."

"카스트 영향이었겠지? 지금은 카스트가 거의 사라졌죠?"

"많이 없어졌지만 시골에는 남아 있어요. 시스템은 바뀌

　　　　　　　　　부드럽고 아늑한, 로선의 자울로

고 있지만 사람 마음은 쉽게 안 바뀌는 것 같아요. 앞으로도 몇십 년 걸리지 않을까 싶어요. 그런데 뭐, 미국 갔더니 거기도 카스트 같은 차별이 꽤 심하더라고요. 외국인, 이주민 차별 말예요."

밥 위에 끼얹고 손가락으로 버무려

압력솥이 씩씩하게 김을 뿜으니 마살라 향이 아늑하게 올라왔다. 네팔 음식에 얽힌 추억도 함께 올라왔다. 한국 사람 중에는 네팔 음식으로 네팔·인도 레스토랑에서 접했던 '치킨 티카 마살라' 같은 커리를 떠올리는 이가 많다. 그러다 막상 네팔에 가서 커리가 네팔 사람들의 주식이 아니라는 것을 알게 되면 좀 놀란다. 인도, 네팔을 포함한 인도 문화권에서는 여러 방식으로 조합한 마살라를 활용해서 다양한 음식을 만들어 낸다. 특히 걸쭉한 국물 음식을 만들어 밥에 얹어 비벼 먹거나 로티 같은 빵을 찍어 먹는 경우가 많다.

그 음식이 영국 식민 통치 시기 유럽으로 건너가서 유럽 문화와 만나 탄생한 음식이 바로 커리다. '커리'라는 이름도 그 과정에서 생겨났다. 커리는 지구를 반 바퀴 돌아 일본으로 가서 '카레'가 되었고, 또 한국으로 건너와서 우리 입을 즐겁게

                                    4. 네팔의 집밥

하고 있다.

그럼 네팔의 주된 음식은 뭘까? 네팔 사람 대부분은 아침 저녁 하루에 두 번 달밧떠르까리를 먹는다. 달은 달로 끓인 국, 밧은 밥, 떠르까리는 반찬. 채소나 고기에 마살라를 넣어 재우거나 끓이거나 볶아 떠르까리를 만든다. 마살라 없는 네팔 음식은 상상할 수 없다.

또 오늘 로선이 만든 자울로는 아기가 마살라와 만나는 첫 음식이다. 그다음 아기 음식은 달에 말아 촉촉하게 만든 밧이다. 엄마들은 손가락 끝으로 달에 밧을 말아 아기 입에 쏙 넣어 준다. 아기만이 아니다. 네팔 사람들은 달밧떠르까리를 먹을 때 혀보다 손가락이 먼저 맛을 본다. 음식이 뜨겁지 않고 적당히 따뜻해서 손가락으로 버무려 먹기 아주 좋다.

둥글고 넓은 쟁반에 수북한 밧, 종지보다 약간 큰 그릇에 담긴 달과 닭고기 혹은 염소 고기, 몇 가지 떠르까리를 빙 둘러 담은 달밧떠르까리를 받았다면 먼저 손을 깨끗하게 씻어야 한다. 그리고 달이나 고기 국물을 밥 위에 조금 끼얹고 손가락으로 착착 버무려 입에 넣고 냠냠 먹으면 된다.

내가 처음 손으로 먹기에 도전했던 것은 크리스너의 네팔 고향집을 방문했을 때였다. 네팔 커뮤니티 일을 열심히 했던 크리스너는 당시 나의 단짝 친구였다. 크리스너의 할머니는

 부드럽고 아늑한, 로선의 자울로

이 외국인이 달밧을 제대로 먹는지 지켜볼 작정이셨는지, 내 옆에 딱 붙어 앉으셨다. 그걸 보더니 크리스너가 내게 말했다.

"할머니도 보시는데, 손으로 먹어 볼래?"

"아, 그럴까?"

대답과 달리 순간 걱정이 밀려왔다. 미리 연습이라도 할걸. 손가락 사이로 밥이 줄줄 새면 어쩐담. 내 속을 들여다본 것일까. 자, 봐, 하며 크리스너가 오른손을 들어 엄지와 검지, 중지를 까딱거렸다.

"이 세 손가락을 사용하는 거야. 밥을 비비고 뭉칠 때는 세 손가락을 다 쓰고, 입에 넣을 때는 두 번째 세 번째 손가락으로 떠 올리고 엄지로 입에 쏙 밀어 넣어."

크리스너가 한국어로 말했지만, 할머니는 까딱이는 손자 손가락만 보고도 내게 무엇을 가르치는지 벌써 눈치채셨다. 내 어깨를 가만가만 다독이시더니 마당에 있는 물통을 가리켰다. 손 씻고 오너라.

나는 매우 신중하게 손가락을 움직였지만 먹는 행위는 엉성하기 짝이 없었다. 그나마 밥이 입으로 들어가니 다행이랄까. 그걸 재미나게 구경하시던 할머니가, 절반쯤 먹었을 때 밥을 푹 떠서 얹어 주고, 또 절반쯤 먹었을 때 또 푹 떠서 얹어 주며 손짓하셨다. 더 먹어라. 너무 많다고, 배부르다고 사양했

  4. 네팔의 집밥

지만 할머니는 여전히 인자한 표정으로 고개를 끄덕이셨다.

"못 이겨. 먹어. 먹어. 무조건 다 먹어야 해."

크리스너는 빙글빙글 웃으며 야무지게 밥을 집어 입에 넣었다.

고향집에 가기 전 크리스너가 나에게 단단히 이른 말이 있다. 자기가 돼지고기 먹는다는 사실을 절대 발설하지 말라는 것이었다.

"왜? 무슬림도 아닌데."

"우리 힌두교인도 돼지고기 안 먹어. 닭고기나 염소 고기는 먹지만, 우리 할머니는 고기 자체를 아예 안 드셔. 리얼 힌두교 신자거든."

힌두교인이 소고기를 먹지 않는다거나, 힌두교 높은 카스트는 완전 채식을 한다는 이야기를 들은 적이 있지만, 부정하다는 이유로 돼지고기를 금기시한다는 말은 그때 처음 들었다. 크리스너뿐만 아니라 내가 한국에서 만난 힌두교인들은 죄다 '삼겹살 킬러'였으니, 잘 믿기지 않는 이야기였다.

"돼지고기 먹었다는 걸 할머니가 알게 되면 나는 집에도 못 들어갈걸?"

"나는 어떡하고? 내가 돼지고기 먹는 것은 당연히 아실 거 아냐?"

"너는 외국인이고 손님이니까 봐주겠지만, 원래는 안 돼."

쓰읍! 크리스너 집에서 먹은 달밧떠르까리에는 염소 고기가 딸려 나왔다.

이렇게 오래 지켜 왔을 네팔 힌두교인 사회의 돼지고기 금기 문화가 최근 삼겹살 때문에 깨지고 있는 듯하다. 네팔에 한식당이 많아지고, 한국에서 생활하다 돌아간 네팔 사람들이 한식을 즐기면서 나타난 변화였다. 한식당에 가면 테이블마다 앉은 네팔 사람들이 삼겹살을 굽고 있다.

크리스너의 가족도 그랬다. 크리스너의 아내 수니타도 고기를 거의 안 먹는 사람인지라 크리스너는 아내에게 돼지고기 먹는 것을 숨겼더랬다. 그런데 몇 년 후 한식당에서 함께 식사하는데, 수니타가 삼겹살을 주문하더니 능숙하게 굽고, 상추에 싸고 쌈장을 올려 맛있게 먹는 것이 아닌가. 놀라는 나를 향해 크리스너는 양 손바닥을 펴 보이며 어깨를 으쓱했다. 왜 저러는지 나도 몰라, 그런 몸짓인 듯 보였다.

크리스너의 아이들도 삼겹살과 제육볶음을 좋아했다. 이 가족에게는 한 가지 밀약이 있단다. 집안 어른들에게는 절대 돼지고기 먹었다는 말을 안 한다는 약속이다.

짜우짜우의 아찔한 추억

아침과 저녁, 하루 두 번 달밧떠르까리를 먹는 네팔 사람들은 그 중간에 간식을 먹는다. 간식 메뉴로는 감자가 들어 있는 삼각형 튀김 만두 사모사, 채소 튀김 파코다, 동그란 찹쌀 도넛 셀로티, 로티 사이에 감자가 들어 있는 파라타 등이 있다. 만두 모모와 수제비 덴뚝, 국수 툭바, 볶음면 짜우민 같은 티베트식 음식도 있다.

이런 음식도 다 좋아하지만 내가 가장 좋아하는 것은 짜우짜우다. 짜우짜우는 네팔에서 라면을 이르는 말인데, 면발이 가늘고 양이 퍽 적다. 내가 짜우짜우를 좋아하게 된 데에는 한 사건이 있었다. 오래전에 네팔 동부 자파 지역에 살고 있는 몇 가정을 방문할 일이 있었다. 그중 두 가정은 산속에 살고 있었다. 그 지역 주민들에게 물으니 두 시간가량 걸어가면 된다고 했다.

편도 두 시간이니 왕복 다섯 시간이면 넉넉하다는 계산에, 나를 포함한 세 사람이 비스킷 한 봉지에 물 한 병씩 들고 새벽에 출발했다. 가뿐하게 다녀와서 늦은 아침을 먹으면 될 거라는 간단한 계산이었다. 그런데 분명 두 시간이라 했는데 가도 가도 집이 나타나지 않았다. 길을 잘못 들었나 싶어 산길

73 　　　　　　　　　　　

에서 만나는 사람들에게 물으면 바로 저기라고 가리키며 대수롭지 않게 대답했다. 그런데 아무리 걸어도 길은 끝나지 않았다. 일행 중 한 사람인 갸누가 고개를 갸우뚱거리며 말했다.

"산골 사람 걸음으로 두 시간인가 봐요. 우리 걸음으로는 네 시간 이상 걸릴지도 모르겠어요."

에이 무슨, 하고 웃었지만 결과적으로 그 말이 맞았다. 우리 일행은 운동화를 신고도 헐떡이고 미끄러지며 간신히 걷는 산길을, 조그만 여자아이들이 큼지막한 카세트 플레이어를 들고 음악을 들으며 발가락 슬리퍼를 끌고 재잘재잘 걷는데, 그 속도가 바람 같았다. 저 멀리 뒤에서 들려오던 음악 소리가 순식간에 우리 곁으로 오더니 다시 눈 깜짝할 사이에 저 멀리 산굽이를 돌아가는 것이었다. 비스킷은 일찌감치 동났다. 물을 아끼고 아껴 한 방울씩 마셔 가며 다섯 시간 걸려 목적지에 도착했다.

그런데 이럴 수가! 그 집은 너무도 가난했다. 쌀이라도 사서 지고 갔더라면 얼마나 좋았을까 싶은, 눈물 나는 살림이었다. 얻어먹을 것이 하나도 없는 것은 당연했다. 간신히 일을 마치고 마당에 있는 펌프로 물을 퍼올려 한 바가지씩 마시고 다시 출발했다. 돌아오는 길은 내리막길이라 세 시간가량 걸렸다. 마을 입구에서 다 허물어져 가는 구멍가게를 발견한 우리

　　　　　　　　　　　　4. 네팔의 집밥

는 오아시스를 만난 듯 힘을 짜내 달려갔다. 먹을 것을 찾으니 주인이 짜우짜우를 끓여 줄 수 있다고 했다. 잘게 부숴서 끓인 짜우짜우를 우리는 걸신들린 것처럼 퍼먹었다. 그렇게 맛있을 수가 없었다.

이런 인연으로 나는 짜우짜우를 좋아하게 되었다. 토마토를 썰어 넣고 고춧가루를 풀어 끓이면 국물이 간절할 때 더없이 훌륭하다. 라라, 와이와이, 마마, 포장지에 '현재'라는 한글 표기가 있는 커런트 등 여러 짜우짜우 상품이 있다. 물론 짜우짜우에도 다 마살라가 들어 있다. 마살라를 더 강하게 느껴 보고 싶다면 와이와이를 추천한다.

김이 다 빠지고 압력솥이 잠잠해지자 로선이 뚜껑을 열고 기버터를 한 숟가락 넣어 잘 저었다. 안롯이 제일 먼저 숟가락을 들고 앉아 자울로를 기다렸다. 로선의 자울로는 부드럽고 따뜻했다. 할머니 곁에서 달밧을 먹던, 햇살 가득한 산골 오후가 떠오르는 맛이었다.

부드럽고 아늑한, 로선의 자울로

로선의 자울로 레시피

재료

쌀 1컵

달 1컵

완두콩 1컵

당근 ½개

새송이버섯 1개

브로콜리 ¼개 　　소금 ½작은술

아스파라거스 4개 　　강황 1작은술

마늘 2쪽 　　호로파 씨앗 1작은술

쿠민 ½작은술

기버터 2큰술

만드는 법

1 채소를 잘게 썰고 마늘을 다진다.

2 압력솥에 기버터 1큰술을 녹이고 쌀과 달, 강황, 쿠민, 호로파 씨앗을 넣고 볶다가 완두콩과 채소, 마늘을 넣고 더 볶는다.

3 모든 재료 분량의 4배 정도 되는 물을 넣고 소금을 넣어 저은 다음 압력솥 뚜껑을 덮고 10분 정도 끓인다.

4 불을 끄고 10분 후쯤, 김이 다 빠지면 뚜껑을 열고 기버터를 1큰술 넣어 저어 준다.

5

미얀마의 집밥

튀김을 살포시 얹은,
산산치의 오노카욱쒜

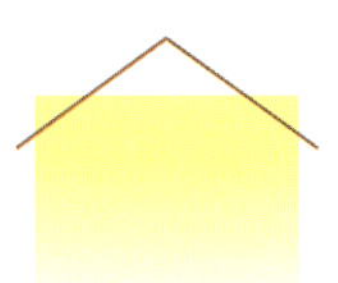

산산치는 그렇게도 보고 싶던 눼우를 데려오고 오히려 더 서글퍼졌다.

"웃으면 예쁜데 얘가 안 웃어요."

산산치는 눼우가 두 살 때 미얀마의 시누이들에게 보내 양육을 부탁했다. 큰시누는 산산치와 가까운 친구 사이로, 근무하던 컴퓨터 학원의 동료 선생이기도 했다. 산산치에게 한국에 있는 자기 오빠 예나잉우를 소개해 준 이가 그 친구다. 산산치는 예나잉우와 장거리 연애를 하다 어렵게 결혼을 결심했고, 한국에 와서 가정을 꾸렸다. 그게 10년 전이다. 둘 사이에 낳은 아들 눼우는 이제 아홉 살이 되었다. 눼우는 고모들 품에서 자라다 얼마 전에 엄마 아빠 곁으로 돌아왔다. 아기를

  튀김을 살포시 얹은, 산산치의 오노카욱쉐

끌어안고서는 생활고를 해결할 수 없어서 어쩔 수 없이 보냈던 것인데, 또 처음부터 그토록 오래 떨어져 있을 생각은 아니었는데, 갑자기 코로나19가 전 세계를 휩쓸고 미얀마에 쿠데타가 터졌다. 일상이 무너지고, 모든 계획이 꼬여 버렸다.

"애가 오면 내 등에 꼭 붙어 있을 줄 알았어요."

산산치가 울먹이는 목소리로 말을 이었다.

"그런데 이제 아홉 살이니까 안 그러네요."

아홉 살이면 슬슬 사춘기가 시작될 나이, 아이는 핸드폰에만 매달리고 엄마에게 마음을 주지 않는다. 내 이름은 눼우입니다, 과자, 옷, 물컵, 미안합니다, 죄송합니다. 눼우가 한국어 교실에서 배운 단어를 공책에 쓰고 있다. 소리 내어 읽으며 쓰라고 엄마가 이르지만 눼우는 입을 꼭 다물고 있다. 곧 학교에 가야 하는데 눼우는 한국말을 모른다. 한국 음식도 안 먹는다. 어쩔 줄 몰라 산산치는 발을 동동거리고 있다.

뭐라도 먹이고 싶어서

엄마 아빠가 출근하느라 낮에 혼자 됐더니 아이가 군것질로 끼니를 때우더란다. 그동안 돌보지 못한 것도 미안한데 밥도 안 챙겨 주나 자책하며 산산치는 밤샘 일을 자청했다. 낮에는 엄마가, 밤에는 아빠가 아이 곁에 있겠다는 생각이다. 뭐라도 더 먹이고 싶어서 산산치는 끼니마다 궁리한다. 밥은 밀쳐 내는데 면은 좋아하니, 오늘은 오노카욱쉐를 만들어 볼 작정이다. 녜우가 좋아하면 좋겠다.

"제가 요리라고는 이거 하나 배우고 왔어요. 엄마가 모힝가랑 이거 만들어 팔아서 우리 키웠거든요."

산산치는 기름 온도를 올려 쌀가루 튀김 과자를 만들었다. 오노카욱쉐에 고명으로 쓸 것이다.

"미리 튀겨 놓으면 바삭바삭하지 않아요. 바로 튀겨야 맛있지."

손가락 두 마디 정도 크기의 쌀 반죽을 튀기니 콘칩하고 모양이 비슷하다. 집어 먹어 보니 영락없는 콘칩 맛이었다. '그냥 콘칩을 쓰지.' 하는 생각은 속으로만 했다. 미얀마 음식은 과정과 절차를 무척 중요하게 여긴다. 바쁘다고 생략하거나 한꺼번에 쏟아 넣을 생각일랑 아예 말아야 한다.

과자를 튀겨 낸 뜨거운 기름에, 샬롯과 고춧가루를 버무려 미리 만들어 뒀던 양념을 볶는다. 고춧가루 냄새가 사라질 만큼 충분히 볶아야 한다. 그 뒤 닭고기를 넣고 또 달달 볶는다. 그걸 콩가루와 코코넛밀크로 만든 국물에 넣고 푹 끓이면 그제야 국물 준비가 끝난다. 계란 면을 삶아 국물과 몇 가지

   튀김을 살포시 얹은, 산산치의 오노카욱쉐

고명을 올리면 오노카욱쉐가 된다. 오노는 코코넛밀크, 카욱쉐
는 면을 뜻한다.

코코넛이 들어간 음식 곁에는 항상 레몬이 있다. 코코넛
이 올린 혈압을 레몬이 다시 내려 주니 함께 먹어야 한다고 산
산치가 설명했다. 뉘우는 오노카욱쉐에 들어 있던 통샬롯이며
얇게 저며 얹은 생샬롯을 다 골라냈다. 샬롯이 싫단다. 아이가
무엇을 좋아하고 싫어하는지도 모르고 있다고, 산산치는 또
스스로를 책망했다.

"야다시레 맛있어?"

오노카욱쉐를 먹는 눼우에게 물었더니, 아이가 머뭇머뭇 한참 뜸 들이다 대답했다.

"야다시레."

더는 눼우와 떨어져 지내지 않기를 바라며 산산치에게 물었다.

"이제 계속 같이 지낼 거지요?"

산산치는 무슨 마음인지 눼우에게 물음을 넘겼다.

"눼우야, 한국에 계속 있을 거지?"

"몰라."

"안 돼. 계속 여기 있어야 해."

산산치의 말이 빠르고 강해졌다. 다급한 마음이 그대로 드러났다.

"싫어."

눼우의 대답이 총알처럼 튀어나왔다. 산산치의 표정에서는 당혹스러움이, 어린 눼우의 눈빛에서는 두려움이 느껴졌다.

산산치와 예나잉우가 마음 깊이 의지하는 사람이 있다. 윈라이 삼촌이다. 실제 친척 관계는 아닌데, 서로 친하게 지내니 삼촌이라 부른다. 윈라이는 나와도 가까운 친구 사이다. 윈라이와 예나잉우는 전에 이주 노동자 인권 운동에 함께 참여했다. 군정 상황에 있던 고국 미얀마를 위해 민주화 운동도 같

　튀김을 살포시 얹은, 산산치의 오노카욱쉐

이 했는데, 그 일로 미얀마 군부의 탄압을 받게 되어 한국에서 난민으로 살고 있다.

정치 상황이 나아지며 한동안 민주주의 물결이 흐르던 미얀마에 2021년 다시 쿠데타가 발생했다. 쿠데타를 일으킨 군부는 정치인을 체포하고, 마을에 폭격을 퍼부어 시민들을 학살했다. 청년들을 강제로 징집하고, 시민들 가슴에 들이댈 총을 사기 위해 시민들에게서 강제로 돈을 뜯어 가고 있다. 한국에 있는 미얀마인 커뮤니티는 미얀마 내부의 민주화 운동을 지원하고 피란민들을 돕기 위해 전력을 다하고 있다. 옛 동지들은 다시 결집해서 한국에 새로 들어온 청년들과 함께 그 일을 꾸려 가고 있다. 동지들 사이에 서로 생활을 보듬는 것은 너무도 당연하다.

바나나 줄기의 색다른 식감

눼우의 학교 문제를 상의할 겸 윈라이의 식당에 함께 가기로 했다. 산산치가 집 안을 정리하고 나오겠다고 해서 나 먼저 식당으로 갔다. 식당에 손님이 가득하다. 여기저기 테이블에 전에 없던 양재기가 많이 보였다.

"양푼비빔밥 시작했어? 뭘 양재기가 잔뜩 있어?"

윈라이가 웃음을 띠고 고개를 끄덕였다. 새 메뉴를 개발했단다. 일명 질롱터민, 냄비밥이다. 넓은 양재기에 밥과 함께 고기 요리 두 가지와 여러 채소 반찬을 한꺼번에 담아낸다. 여차하면 비빔밥처럼 비벼 먹기도 좋다. 한국식으로 설명하자면, 제육볶음과 소갈비찜을 따로 주문하는 대신 질롱터민 1인분을 시키면 제육볶음과 소갈비찜이 반반씩, 시금치나물, 고사리나물, 열무김치와 밥이 한 양재기에 담겨 나오는 식이다.

"집밥 먹는 것처럼 해 주려고. 다 집 떠나와 있으니까."

그러더니 윈라이는 목소리를 낮춰 나머지 말을 한다.

"이게 진짜 윈윈이야. 우리는 설거짓거리 줄어드니까 좋고, 손님들은 한 번에 두 가지 메인 요리를 먹으니까 좋잖아."

윈라이는 자기가 개발한 질롱터민을 미얀마 본토에 있는 어떤 식당이 베껴 가서 똑같이 팔고 있다며 껄껄 웃었다.

나는 그동안 친구들을 통해 다양한 미얀마 음식을 만났다. 오노카욱쉐와 어죽 국수 모힝가를 비롯해 비빔 우동 난지똑, 가는 쌀국수를 해물과 볶은 짜산쪼, 카다멈과 강황을 넣은 볶음밥 담바우, 콩을 발아시킨 뼤뽁을 삶고 볶아서 다시 밀가루 반죽에 넣어 튀겨 낸 쁘라타, 발효시킨 찻잎을 참기름, 참깨, 땅콩과 함께 먹는 레펫똑, 연유를 넣은 밀크티 러펫예이. 다 나열하기도 어렵다.

  튀김을 살포시 얹은, 산산치의 오노카욱쉐

전에 윈라이가 고향 음식이라면서 미쉐를 해 준 적이 있다. 미얀마 북부 샨족 음식인 미쉐는 우동 면을 샨 된장과 고추기름으로 비벼 먹는다. 고명으로 얹는 돼지 껍데기 튀김은 미쉐와 환상의 조합이었다. 자기 내킬 때만 가끔씩 음식을 해 주어 감질나게 하던 윈라이가 식당을 열면서 내 앞에 미얀마 음식의 세계가 활짝 펼쳐졌다.

미얀마를 드나들며 조금씩 엿본 경험까지 덧붙이자면, 미얀마는 가히 음식의 천국이라 할 수 있다. 벵골만을 길게 끼고 있어 해산물이 흔하고, 나라가 위아래로 길어 열대부터 온대까지 다양한 작물이 자란다. 방글라데시, 인도, 중국, 태국, 라오스와 국경을 접하고 있으니 여러 문화의 영향을 받으며 음식 문화가 발달했다.

오노카욱쉐로 이미 배가 부르지만 여기까지 와서 모힝가를 안 먹을 수 없다. 메기를 삶아 살을 발라 만든 걸쭉한 국물에 쌀국수를 말아 낸 모힝가는 미얀마의 대표 음식 중 하나다. 레몬그라스 향이 깊고, 바나나 줄기 식감이 색다르다. 고명으로 얹은 콩 튀김 뻬조는 고소하고 적당히 바삭거려서 부드러운 국수와 어울려 씹는 재미가 좋다. 고수를 듬뿍 넣으면 모힝가는 또 한층 격이 달라진다.

내가 지금은 고수에 열광하지만 처음부터 그랬던 것은 아니다. 얼마 전에 본 영화 〈아침바다 갈매기는〉에는 얼결에 처음 고수를 먹게 된 사람이 나온다. 그 사람이 고수 냄새에 화들짝 놀라 어우, 어우 비명을 지르니, 밥상에 둘러앉은 이들이 깔깔 웃음을 터트렸다.

그 장면에 오래전 일이 떠올랐다. 미얀마 커뮤니티가 준비한 첫 '유니온 데이' 행사에 초대받았던 날이었다. 유니온데이는 미얀마인에게 각별한 날이다. 1800년대 말부터 영국의 식민 지배를 받고 있던 미얀마. 영국은 다양한 민족으로 구성된 미얀마를 쉽게 통치하기 위해 민족 간 분열을 부추겼다. 국민의 70퍼센트에 이르는 버마족이 불교를 믿는다는 점을 악용해 소수 민족에게 크리스트교를 전파해서 서로 대립하게 했고, 행정과 군대 등을 소수 민족에게 맡기는 방법으로 버마족을 탄압했다. 그런 상황을 딛고 1947년 2월 12일, 여러 민족 대표가 한자리에 모였다. 갈라져 있던 민족들이 서로 화합하여 영국을 물리치고 하나의 국가로 독립하자고, 이날 합의하고 단결하여 그 이듬해 독립을 이뤘다.

훗날 미얀마는 이날을 '유니온 데이'라 하여 국가 기념일로 삼았다. 한국 내 미얀마 커뮤니티 역시 여러 민족이 서로 화합하고 협력하자는 의미로 이날 기념행사를 준비했다. 행사는 한 사찰 식당을 빌려 조출하게 열렸다.

 튀김을 살포시 얹은, 산산치의 오노카욱쉐

초록 이파리, 고수의 추억

겨울 끝자락 추위가 몸을 웅크리게 하는 날이었다. 행사가 열리는 식당에 들어서니 저마다 아름다운 민족 옷을 차려입은 사람들이 분주하게 오가며 행사를 준비하고 있었다. 주방에서는 육수 솥에서 뜨거운 김이 설설 오르고, 삼각형 모양의 납작한 튀김만두 사모사가 쟁반 가득 쌓이고 있었다.

"누나, 좀 있으면 바빠질 테니 지금 식사합시다. 이거 한번 먹어 봐. 좋으면 넣고 싫으면 빼고."

미얀마 친구 아웅이 나에게 국수 대접을 넘기며 초록 이파리가 소복하게 담긴 그릇을 가리켰다.

"뭔데?"

아웅은 대답 대신 이파리 한 개를 집어 주었다. 크윽! 별 생각 없이 입에 넣은 이파리에서 수상한 냄새가 퍼져 나왔다. 낯설지 않은, 불쾌한 그 무엇. 옛날 교실 구석에 박혀 있던 덜 마른 걸레가 떠오르는 어떤 냄새! 간신히 삼켰으나 얼굴에 온통 드러난 강렬한 거부감은 채 숨기지 못했다. 아웅이 씩 웃었다.

"별로야? 한국 사람들 이거 싫어하는 사람 많더라고."

"이게 뭐야?"

5. 미얀마의 집밥

"고수."

국수 한 대접을 다 먹어도 그 진한 냄새는 사라지지 않았다. 그사이 손님들이 속속 도착해서 행사장은 어느새 떠들썩해졌다. 한국인 손님도 여럿 왔다. 나는 한국인들에게 유니온 데이의 의미를 전하고 음식을 대접하는 일을 도왔다. 손님과 함께 고수 앞에 서니 그 냄새가 슬금슬금 다시 살아났다.

"이거 넣어서 먹어 보세요."

한 손님에게 국수 대접을 전하며 나는 고수를 가리켰다. 손님은 이렇다 저렇다 말없이 한 움큼 집어 국수에 넣었다.

"누나는 싫다면서 다른 사람한테 왜?"

아웅이 나무라는 눈빛으로 내게 소곤거렸다.

"입맛이야 사람마다 다르지 뭐."

먼 천장을 바라보며 얼버무렸지만 내 속마음은 이랬다.

'나만 당할 수는 없지, 흥!'

그런데 어라, 이게 어쩐 일이람. 그 손님은 고수 범벅 국수를 숨도 안 쉬고 흡입하더니 만족스러운 표정으로 말했다.

"아, 맛있다!"

"미얀마 음식이 입에 잘 맞나 봐요. 그런데 그 풀 그거, 괜찮았어요?"

"고수요? 아주 좋죠! 우리 고향에서 많이 먹어요. 김치 담

  튀김을 살포시 얹은, 산산치의 오노카욱쉐

글 때도 넣는데요."

강화도를 비롯해 우리나라 일부 지역에서는 김치를 담그는 등 다양한 방법으로 고수를 먹는단다. 놀라웠다.

그 뒤로 고수를 접할 일이 생길 때마다 숨을 참으며 먹기를 시도했다. 그러다 보니 나도 모르는 사이 느낌이 달라졌다. 어느 순간 착 감겨드는 향이 친근해졌다. 후에 접하게 된 베트남 음식을 통해 고수가 음식 맛을 얼마나 깊게 하는지도 알게 되었다. 고수와 친해지고 보니 이후 만나게 된 다양한 향신료와 향신채가 별로 두렵지 않았다. 맛과 향이 다양한 여러 문화권 음식으로 가는 길을 고수가 열어 줬다고 해도 과언이 아니다.

많이 확산되었다고 하지만, 고수는 여전히 호불호가 크게 갈리는 향채다. 나는 이미 고수를 사랑하게 되어 어떻게 먹어도 행복하지만, 처음 도전한다면 잘게 다져서 음식 한쪽에 섞어서 맛보기 바란다. 처음부터 음식 전체에 섞으면 한 그릇을 다 못 먹게 될 수도 있다.

유니온데이 행사에서 먹었던 국수가 바로 모힝가였다. 그런 기억을 떠올리며 원라이가 내어 온 모힝가에 고수를 듬뿍 넣어 아껴 가며 먹었다. 그사이 산산치가 눼우를 데리고 가게로 왔다. 이주민 인권 운동에서 미등록 아동을 포함한 모든 외

    5. 미얀마의 집밥

국인 아동의 교육권 보장은 아주 주요한 주제다. 현장의 요구를 정부가 받아들여 외국인 아동에게 학습할 권리를 보장하고 있으니, 학교 입학은 그리 어렵지 않을 터였다. 우리는 입학 시기와 방법을 차근차근 의논했다. 눼우가 어서 학교에 가서 새 친구들을 만나고, 평범한 말썽쟁이 초등학생이 되었으면 좋겠다.

"아직 친구가 없고 말이 안 통해서 힘든 거야. 학교에서 친구들이랑 같이 공부하면 말도 빨리 늘고, 학교 급식 먹으면 한국 음식도 좋아질 거야."

어두운 마음을 애써 걷어 낸 산산치가 눼우에게 용기를 주었다. 오노카욱쉐 효과가 나는 것일까, 눼우가 배시시 웃었다.

 튀김을 살포시 얹은, 산산치의 오노카욱쉐

산산치의 오노카욱쉐 레시피

재료

계란 면 4개

닭고기 ½마리

코코넛밀크 1컵 　　마늘 4쪽

삶은 계란 2개 　　고춧가루 2큰술

샬롯 10개 　　액젓 2큰술

뻬조 　　콩가루 4큰술

쌀가루 튀김 과자 　　소금 ½작은술

식용유 3큰술

레몬 ¼개

만드는 법

1 닭고기를 소금과 액젓으로 밑간 한다. 마늘과 샬롯 4개를 갈고 고 춧가루와 섞어 식용유로 볶다가 닭고기를 넣고 충분히 볶는다.

2 끓는 물에 콩가루 갠 물, 코코넛밀 크와 통샬롯 5개를 넣어 끓이다가 볶은 닭고기와 삶은 계란을 잘라 넣고 푹 끓이면 국물이 완성된다.

3 끓는 물에 계란 면을 삶는다. 그릇 에 삶은 계란 면과 국물, 닭고기, 통샬롯을 푸짐하게 담는다.

4 삐조와 쌀가루 튀김 과자, 얇게 저 민 샬롯을 고명으로 얹는다. 먹기 직전에 레몬 한 조각을 짜 넣는다. 쌀가루 튀김 과자 대신 콘칩을 고 명으로 써도 좋다.

6

이집트의 집밥

꿀을 붓고 기다리는,
샤이마의 코샤리와 바스부사

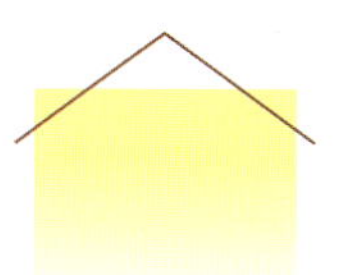

나는 샤이마 씨 가족의 이야기를 글로 소개한 적이 있다. 이집트에서 기자로 활동하던 샤이마 씨는 2013년 일어난 군부의 쿠데타를 비판하는 기사를 쓰다 신변의 위협을 느끼게 되었다. 기자로서 소명을 다할 것인지, 개인의 안전을 도모할 것인지 고민하던 샤이마 씨는 어린 딸을 위해 이집트를 떠나기로 결정한다. 목적지로 한국을 선택한 것은 당시 한국이 이집트인에게 무비자 입국을 허용하고 있었기 때문이었다. 어렵사리 한국으로 이동해 오던 과정, 한국에 도착한 뒤 몸을 의탁할 곳조차 없는 상태에서 난민 신청을 하고 심사받는 동안 겪은 이야기를 글에 담았더랬다. 난민 신청 후 4년에 걸친 지난한 심사를 마치고, 샤이마 씨 가족은 난민으로 인정받아 정착

   꿀을 붓고 기다리는, 샤이마의 코샤리와 바스부사

하는 과정을 거치고 있다.

한 고등학교에서 학생들과 함께 이주민의 삶과 인권에 대해 이야기하는 자리에 샤이마 씨를 초대한 적이 있다. 샤이마 씨는 먼 길을 마다하지 않고 학교로 달려왔다. 난민 당사자로서 학생들에게 직접 이야기할 기회가 있어서 기쁘다고 했다. 당시 샤이마 씨는 자동차 부품 생산 공장에서 일하고 있었다. 머리에 쓴 히잡 때문에 번번이 채용을 거절당하다 어렵게 잡은 일자리였다. 일터에서 처음에는 그다지 어렵지 않은 업무를 맡았지만 연차가 높아지면서 어려운 공정에 배치되어 하루하루 힘겨운 노동을 견디고 있다. 한국어를 배워 기자 일을 계속하고 싶다는 소망이 있지만, 당장 생계가 급하니 공부가 자꾸 뒤로 밀렸다. 그래도 샤이마 씨는 굴하지 않는다. 우선 영주권을 목표로 공부하고, 영주권을 받으면 더 공부해서 한국어로 기사를 쓰고 싶다는 꿈을 이룰 것이다. 새로운 목표도 세웠다. 언젠가는 아랍 문학을 한국어로 옮기고 싶다.

그런 이야기를 준비해 온 샤이마 씨. 그런데 샤이마 씨가 작은 꾸러미를 하나 꺼내 놓았다. 빵이란다. 이집트 음식을 접한 적이 없을 학생들에게 선보이려고 밤새 몇 판이나 구웠단다. 한국어로 진행하는 강의를 준비하느라 마음깨나 졸였을 텐데 잠도 안 자고 빵을 구워 오다니, 정말 감동이었다. 꾸러미

    6. 이집트의 집밥

에 가지런하게 들어 있는 빵을 학생들이 다투어 가며 먹었다. 그 갈색 빵 '바스부사'는 이집트가 고향이라고 했다.

영국 영화 〈세상의 모든 디저트: 러브 사라〉를 보는 중에 바스부사를 또 만났다. 이 영화는 영국 노팅힐을 배경으로 제과점 '러브 사라'에 얽힌 이야기를 담고 있다. 세상을 떠난 딸 사라를 대신해 빵 가게를 연 미미. 손님이 너무 없어 한숨짓던 미미는 우연한 계기로 기가 막힌 아이디어를 떠올린다. 그것은 세상의 모든 디저트를 만들어 팔자는 것. 다양한 나라 출신 사람들이 살고 있는 노팅힐이니, 이주민들이 고향에서 즐겨 먹던 디저트를 만들어 팔자며 빵 가게는 착착 준비를 시작한다. 영화는 곧 여러 문화권 출신 이주민들에게 레시피를 배우고 그것을 멋진 모양으로 만들어 내는 과정을 그린다. 그때 스쳐 지나가는 한 장면, 여러 케이크 사이에 놓여 있는 바스부사. 알고 보니 바스부사는 이집트뿐 아니라 아랍 전역에서 사랑받는 디저트라고 한다. 그렇다면 반드시 배워야겠군. 샤이마 씨에게 바스부사 만드는 법을 가르쳐 달라고 부탁했다.

"그게 바로 내가 하고 싶었던 일이죠!"

샤이마 씨가 반갑게 청을 들어주었다. 이렇게 상냥하고 너그러운 이웃이라니!

싸고 맛있는 카이로식 코샤리

샤이마 씨 집에 도착해 보니 주방에 엄청난 식재료가 놓여 있다. 샤이마 씨는 그중에서 바스부사 재료라며 몇 가지만 골라냈다.

"그것만 쓴다고요? 그럼 나머지는 다 뭐예요?"

"바스부사는 디저트니까 식사로 먹을 코샤리도 만들려고요."

샤이마 씨가 생글거리며 말했다.

"코샤리는 무슨 음식인데요?"

"한국에 김밥, 떡볶이가 있잖아요. 우리 이집트에는 코샤리가 있어요. 싸고 맛있는 채식 음식이죠."

값이 싼데 맛있기까지 하다니, 정말 기대된다.

우리가 주방에서 부산을 떨고 있으니 샤이마 씨의 남편 칼레드 씨가 방에서 나왔다. 무척 피곤한 얼굴이었다. 어린 노라이도 걱정됐는지 살며시 다가가 아빠 손을 잡았다.

"어디 아픈 거 아녜요? 얼굴이 왜 그래요?"

"밤에 잠을 못 자서 그래요. 아침에 서울 갔어야 했는데 못 갔어요."

칼레드 씨는 뉴스를 보며 팔레스타인, 레바논을 향한 이

      6. 이집트의 집밥

스라엘의 공격 상황을 살피느라 밤을 지새웠다고 했다. 샤이마 씨는 나와 함께 요리를 해야 하니 혼자라도 서울에 갈 계획이었는데 가지 못했다며 속상해했다. 그날 서울에서는, 1년째 가자 지구를 폭격하여 팔레스타인 사람들을 학살하고 있는 이스라엘을 규탄하고 전쟁을 멈추라 요구하는 집회가 열렸다. 이날 집회에서 참여자들은 이렇게 외쳤다.

"프리 프리free free 팔레스타인!"

"핸즈 오프hands off·손대지 마라 레바논!"

샤이마 씨 가족은 짬 날 때마다 부산, 서울에서 열리는 집회에 참석한다고 했다. 하필 집회가 있는 날 샤이마 씨를 방문해서 발을 묶어 놨으니 무척 미안했다.

미안해요, 샤이마!

미안해요, 팔레스타인!

미안해요, 레바논!

샤이마 씨는 코샤리를 먼저 만들자고 했다. 코샤리는 쌀, 국수, 스파게티, 마카로니, 병아리콩, 렌틸콩을 각각 익혀 순서대로 쌓고 토마토소스를 얹은 음식이다. 파스타와 콩 종류를 각각 삶아야 하고, 국수를 기름에 볶다가 쌀을 넣어 익혀야 하니 그 과정이 보통 복잡한 것이 아니다. 다 같이 넣고 한 번에 익히면 안 될까?

　　　　꿀을 붓고 기다리는, 샤이마의 코샤리와 바스부사

"각각 익는 시간이 달라서 그럴 수 없어요."

그와 비슷한 말을 어릴 적에도 들었다. 잡채를 하는 어머니 곁에서 한꺼번에 볶으면 편할 텐데 왜 다 따로 하느냐고 종알거리니, 그러면 각 채소가 가진 고유의 맛을 살리지 못해 맛없는 잡채가 된다고, 어머니가 그랬다.

"이건 카이로식 코샤리예요. 엄마한테 배운 대로 만들고 있어요."

이집트에는 다양한 종류의 코샤리가 있고, 개인 취향에 따라 혹은 집에 있는 재료에 따라 마음대로 만들 수 있다고 한다. 고명으로 얹을 양파 튀김을 만들려고 양파를 썰자 "양파 냄새 싫어요." 하며 노라이가 멀찍이 달아났다.

바스부사는 밀의 일종인 듀럼밀을 거칠게 빻은 세몰리나로 만든다. 세몰리나를 만져 보니 과연 평소 접하던 고운 밀가루와 달리 입자가 거칠다. 듀럼밀은 단단한 편이라 세몰리나 형태로 제분해서 주로 파스타를 만들 때 사용한다고 한다. 듀럼밀, 세몰리나. 무척 생소하다. 한국에서는 접하기 어려운 식재료인가 싶었는데, 집에 사 놓았던 흔한 스파게티 봉지를 살펴보니 떡하니 쓰여 있다. '듀럼밀 세몰리나 100%.'

샤이마 씨가 세몰리나와 코코넛 가루에 설탕, 따뜻한 우유와 녹인 버터, 식용유를 넣고 섞었다. 잘 반죽해 놓으니 젖은

		6. 이집트의 집밥

모래 같은 느낌이 난다. 오븐에 넣어 30분가량 가열하니 바스부사가 다 구워졌다. 뜨거울 때 꿀을 부어 놓고 완전히 스며들도록 기다려야 한다.

이집트 길거리에서 먹는 것처럼

코샤리 담을 접시를 고르고 있는 나에게 샤이마 씨가 커다란 스테인리스 대접을 내밀었다.

"이집트 길거리에서 먹는 것처럼."

 꿀을 붓고 기다리는, 샤이마의 코샤리와 바스부사

대접에 순서대로 재료를 담았다. 볶은 국수와 쌀을 바닥에 깔고 그 위에 스파게티와 마카로니, 그 위에 병아리콩, 렌틸콩을 산처럼 올렸다. 그 꼭대기에 토마토소스와 양파 튀김을 얹었다.

드디어 다 같이 둘러앉아 코샤리를 맛볼 시간. 음식을 앞에 두고 칼레드 씨가 조용한 목소리로 말했다.

"비스밀라."

알라의 이름으로.

"한국 비빔밥처럼 코샤리도 비벼 먹어요. 레몬즙을 꼭 넣어야 해요. 맛이 완전히 달라져요."

레몬즙을 넣으니 과연 산미가 살아나 맛이 생생해졌다. 샤이마 씨가 노라이 좀 보라며 남편에게 눈짓했다. 평소 잘 먹지 않아 엄마 아빠를 애태우던 노라이가 조용히 앉아 코샤리 한 그릇을 싹 비우고 있었다.

"노라이가 잘 먹네요. 코샤리 자주 해 줘야겠는걸요! 그런데 요리 과정이 너무 복잡한 게 문제네요."

내 걱정에 샤이마 씨가 이건 약과라고 말했다. 복잡하기로 치면 '마시'를 이길 수 없다고. 포도잎이나 양배추잎에 각종 허브로 버무린 쌀과 쇠고기를 말아 오븐에 익힌다는 마시는 아마도 굉장한 요리인 듯싶다.

　　　　　　　　　　6. 이집트의 집밥

“집에서 한국 음식도 해 먹나요?”

“주로 이집트 음식을 먹어요. 하지만 한국 음식도 가끔 만들어요. 나는 불고기, 잡채 할 수 있어요. 미역국도! 미역국은 건강해요. 엄마가 여기 다녀가실 때 내가 미역국 보냈어요. 우리 동생 임신했으니까 아기 낳을 때 먹으면 좋아요.”

두런두런 이야기 나누며 먹으니 산처럼 쌓였던 코샤리가 바닥을 보였다. 든든하다. 이집트 길거리 식당에서 흔하게 파는 코샤리는 한국 돈 1000원가량이면 한 그릇을 살 수 있다고 한다. 전에 외신 기사에서 2011년 이집트에서 불길처럼 일어나 30년 독재 정권을 물리쳤던 민주화 운동을 ‘코샤리 혁명’이라 부른다는 내용을 읽었던 것이 문득 생각났다. 이집트 시민들이 길거리에서 코샤리로 끼니를 때우며 독재 정권에 맞서 싸웠기 때문에 그런 이름이 붙었단다. 이 코샤리가 바로 그 코샤리란 말이지! 그런데 정작 코샤리를 먹으며 거리 투쟁에 직접 참여했던 두 사람은 토끼 눈을 떴다.

“그런 말이 있어요? 처음 듣는데! 뭐 재미있기는 하네요! 하하하.”

이집트 시민들이 힘겹게 싸워서 얻어 낸 민주주의는 곧 이어진 군부의 쿠데타로 막을 내렸다. 국민이 투표로 선출한 민선 대통령은 군부에 체포당했다. 당시 정권을 잡은 엘시시

　　　　꿀을 붓고 기다리는, 샤이마의 코샤리와 바스부사

이집트 대통령은 지금도 정치범 수만 명을 구금하고 철권통치를 펴고 있다. 언론인 탄압도 심해서 많은 언론인이 죽거나 갇혔다. 샤이마 씨 가족이 이집트를 떠나온 이유다.

누에콩을 살 수 있어서 행복해

"이제 우리 디저트 먹어야 해요."

샤이마 씨가 바스부사를 가져왔다. 입자가 굵고 거칠던 세몰리나는 버터와 우유로 부드러워졌다. 꿀이 스며들어 촉촉하고 달콤했다. 두 사람은 졸음을 떨쳐야 한다며 커피를 선택하고, 나는 히비스커스 차를 골랐다. 샤이마 씨 어머니가 오실 때 가져왔다는 '찐' 이집트산 히비스커스다. 마른 히비스커스 꽃잎은 물에 닿자마자 화려하고 진한 붉은 색깔을 풀어 냈다. 차는 신맛이 나고 향이 달콤했다.

샤이마 씨는 할랄 식재료이슬람 율법에서 허용한 식품를 주로 인터넷으로 구매한다고 했다. 처음 한국에 왔을 때는 식재료를 못 구해 고생했는데 지금은 요령도 생기고 인터넷 판매처도 늘었다고 한다. 이집트 사람들이 다수 살고 있는 인천에는 이집트 식재료를 전문으로 취급하는 가게도 생겼다고.

"거기 가면 이집트 스타일 피자도 있어요."

6. 이집트의 집밥

샤이마 씨가 신나는 표정으로 말했다. 칼레드 씨가 인터넷으로 샀다는 넓적한 누에콩을 보여 줬다. 콩이 가득 들어 있는 통을 흔들며 칼레드 씨가 "아임 해피." 하고 말했다. 누에콩을 쉽게 살 수 있어서 정말 행복하단다. 식재료 구하는 일이 얼마나 어려웠던 것인지, 칼레드 씨의 표정으로 짐작이 갔다. 이집트 사람들은 누에콩으로 아침 식사 때 먹는 풀메다메스를 만든다는 말을 들으며 나는 콩 하나를 입에 톡 집어넣었다. 그걸 보고 깜짝 놀란 칼레드 씨가 아니라고 손을 휘저었다. 도로 꺼내 보니 날콩이었다. 푹 익혀 걸쭉하게 만들어 빵을 찍어 먹는 거란다. 가져가서 먹어 보라며 반조리된 누에콩 통조림을 하나 나눠 주고는 칼레드 씨가 말했다.

"많이 먹으면 안 돼요. 조금만 먹어도 배가 이만큼 불러요."

제 아빠가 손으로 배가 남산만 해지는 시늉을 하니 노라이가 재미있다는 표정으로 바라봤다. 날콩도 몇 알 받았다.

"이거 땅에 심어 볼게요."

"와우, 좋은 생각!"

칼레드 씨가 눈을 반짝이며 말했다. 이집트와 한국은 날씨가 달라 쉽지 않겠지만 꼭 심어 보련다. 누에콩이 주렁주렁 열리면 샤이마 씨 가족과 함께 풀메다메스 잔치를 해야지.

　　　　　꿀을 붓고 기다리는, 샤이마의 코샤리와 바스부사

샤이마의 코샤리 레시피

재료	토마토소스 재료
쌀 1컵	토마토 3개
국수 1줌	토마토 페이스트 2큰술
스파게티 1줌	마늘 4개
마카로니 1컵	양파 ½개
병아리콩 1컵	식용유 1큰술
렌틸콩 1컵	소금 2꼬집
양파 2개	후추 1꼬집
식용유 1컵	
밀가루 2큰술	

만드는 법

1 병아리콩은 10시간 이상 물에 담가 불려서 삶아 찬물로 식힌다. 스파게티, 마카로니, 렌틸콩도 각각 삶아 익히고 찬물로 식힌다.

2 쌀을 씻어 물을 빼 놓는다.

3 냄비에 식용유를 넉넉히 두르고 국수를 잘라 넣으며 뒤적여 볶는다. 국수가 갈색으로 볶아지면, 쌀을 넣고 볶다가 물을 1컵 넣고 섞어서 뚜껑을 덮고 뜸 들인다. 소금과 후추로 간을 맞춘다.

4 믹서에 간 양파와 마늘을 식용유로 볶다가 믹서에 간 토마토를 넣어 끓인다. 토마토 페이스트를 추가하고 소금과 후추로 간을 맞춰 토마토소스를 만든다.

5 양파 2개를 링 모양으로 얇게 썰어 밀가루를 가볍게 묻혀 식용유에 튀긴다.

6 넓은 접시나 대접에 익힌 쌀과 국수, 스파게티, 마카로니, 병아리콩, 렌틸콩, 토마토소스, 양파 튀김 순서로 올린다. 먹기 직전에 레몬즙을 뿌리고 고르게 섞는다.

샤이마의 바스부사 레시피

재료

세몰리나 2컵

코코넛 가루 1컵

설탕 ½컵

버터 ½컵

식용유 ½컵

우유 1컵

꿀 ½컵

만드는 법

1 그릇에 버터와 식용유를 같이 담아 전자레인지에 1분 돌려서 따뜻하게 만든다. 우유도 전자레인지에 1분간 데운다.

2 볼에 세몰리나, 코코넛 가루, 설탕, 따뜻한 버터와 식용유, 우유를 넣고 잘 반죽한다.

3 오븐용 팬에 버터를 고루 바른 뒤 반죽을 1~2센티미터 정도 두께로 판판하게 담는다.

4 180도로 예열된 오븐에 팬을 넣고 15분간 아래쪽을 가열해서 가장자리가 갈색이 되도록 굽는다. 다시 15분간 아래쪽과 위쪽을 같이 가열하면 표면까지 멋진 갈색으로 변한다.

5 오븐에서 꺼내 갈색 표면에 칼집을 여러 개 내고 꿀을 흠뻑 부은 뒤 스며들 때까지 기다린다.

6 달지 않은 차를 따뜻하게 준비해서 같이 먹으면 아주 좋다.

두껍고 단단한,
아카네의 오코노미야키

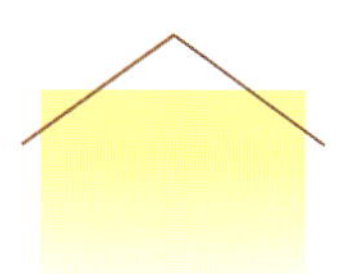

밥상 앞에 모인 아카네 씨 가족은 모두 여덟이다. 저녁 식사 자리가 시끌시끌하다. 카레우동을 먹으며 다섯 아이와 남편, 시아버지가 저마다 하루 일을 이야기하고, 그 하나하나에 아카네 씨가 유쾌한 목소리로 대꾸하며 활기를 얻었다. 식사를 마치고 엄마와 아이들은 옥신각신 협상을 했다.

"밥상 치우기 이천 원, 설거지 삼천 원."

"아니 엄마, 그릇이 이렇게 많은데 삼천 원이면 너무 싸지 않아요?"

"싸지 않지! 어른들도 한 시간 내내 일해야 만 원 벌거든. 이 설거지는 10분이면 할 거 같은데!"

아카네 씨는 집안일을 하면 용돈을 주는 방식으로 아이

　　　　　두껍고 단단한, 아카네의 오코노미야키

들의 생활력을 키워 주려 하지만 아이들 마음은 또 다르다. 후하게 용돈을 주시는 할아버지가 계시기 때문이다. 쉽게 돈을 주지 마시라는 며느리의 부탁에도, 아이들에 대한 할아버지의 사랑은 멈추지 않는다. 높은 연세에도 직접 이발소를 운영하시는 덕분이다. 할아버지 주머니 속에는 언제나 아이들에게 줄 용돈이 들어 있다. 결국 그날 설거지 값은 오천 원으로 결정되었다. 아카네 씨가 웃으며 말했다.

"이래서 심부름 단가가 계속 높아져요."

춤을 추는 가쓰오부시

아카네 씨가 오코노미야키를 만들었다. 일본 애니메이션 〈짱구는 못 말려〉에서는 오코노미야키를 파전으로 번역했는데, 아카네 씨는 오코노미야키와 전은 두께와 식감이 다르다고 말했다.

"시집와서 처음 시어머니 앞에서 이거 만들 때요, 시어머니가 자꾸 '얇게 해라, 얇게 해라' 하세요. 그때는 왜 그러실까 했는데 나중에 부침개 보니까 알겠더라고요. 문화 차이구나, 한국 부침개는 얇게 부치는구나, 했죠. 전은 얇고 부드러운데, 오코노미야키는 두껍고 단단하달까, 씹는 맛이 있죠."

   7. 일본의 집밥

아카네 씨는 양배추와 계란, 새우, 오징어, 돼지고기를 주
재료로 준비하고, 일본에서 가져온 조그만 키리모찌찹쌀떡도
꺼내 놓았다. 키리모찌를 넣고 부치면 쭉쭉 늘어나며 쫀득한
맛을 더하는데, 비슷한 역할을 하는 치즈에 비해 느끼하지 않
아 가족들이 좋아한다고 했다. 일본어로 오코노미お好み는 기
호, 좋아함을 뜻하고 야키焼き는 구이를 의미하니, 오코노미야
키는 좋아하는 것을 넣어 구워 먹는 것이란다.

"마를 갈아 넣으면 맛이 고급스러운데, 오늘은 생략했어
요. 밀가루 양을 잘 조절하는 것이 중요해요. 너무 적으면 뒤

집을 때 다 부서지고, 많으면 빵 같은 느낌이 나니까요. 양배추 반죽은 기본이고, 다른 재료는 먹고 싶은 것을 취향대로 넣으면 돼요. 저는 낫토도 넣고 김치도 넣고 그때그때 집에 있는 재료를 넣어요."

아카네 씨가 만든 오코노미야키는 두툼해서 푸짐한 느낌이다. 노릇하게 구워진 부침이 접시로 옮겨졌다. 아카네 씨는 부침 위에 짙은 갈색 오코노미야키 소스를 펴 바르고, 그 위에 마요네즈로 가늘게 가로줄 무늬를 만들었다. 예쁜 모양을 보여 주려고 여러 줄로 가늘게 나오는 소스 병을 일부러 얻어 왔단다. 이쑤시개를 이용해 세로 방향으로 내려 그어 모양을 내고 그 위에 가쓰오부시를 듬뿍 얹었다. 얇은 가쓰오부시가 열 때문에 포르르 떨렸다. 곁에서 보고 있던 아카네 씨의 막내가 귀여운 말을 보탰다.

"엄마, 가쓰오부시가 살아 있나 봐요. 막 춤을 추고 있어요."

"느끼할 수 있으니까." 하며 아카네 씨가 김치를 내놓았다.

"저는 요즘 일본 음식 먹으면 느끼해서 김치가 있어야 해요. 다행히 김장 김치가 아직 남아 있네요."

"직접 담근 거예요?"

아카네 씨가 사르르 미소 짓더니, 지난겨울 처음으로 혼

　　　　　7. 일본의 집밥

자 김장을 했다고 말한다. 시어머니 계실 때는 시어머니를 도
와 가며 했고, 돌아가신 뒤로는 숙모님의 도움을 받았는데 지
금은 다 떠나셔서 이제 어쩔 수 없이 스스로 해야 한다고.

"그동안은 어른들이 시키는 대로만 하면 되니까 편했잖아
요. 소금 몇 그램, 고춧가루 몇 그램 이런 거 없으니까 어른들
이 더 넣어, 더 넣어 그러면 옆에서 더, 더 넣어 가면서 간을 맞
췄거든요. 그건 다 감각이잖아요. 어머님들만의 감각. 그걸 우
리가 어떻게 아냐고요."

아카네 씨가 갑자기 웃음을 터트렸다. 남편과 둘이 인터
넷 뒤져 가며 공부해서 얼렁뚱땅 김장하던 일이 떠올랐단다.

"인터넷 글마다 다 내용이 다르더라고요. 도대체 어떻게
해야 할지 모르겠는 거예요. 에라, 모르겠다. 하나만 믿고 가
자, 했죠. 배추 절이는 것도 처음이라서 언제 뒤집고 언제 씻
어야 하는지 모르겠더라고요. 새벽에 일어나서 배추를 들었다
놨다, 뒤집었다 엎었다, 너무 짠가 아닌가 걱정하면서요. 사실
은 절인 배추를 사서 해 볼까 했는데, 우리 아버님 손님 중에
농사짓는 분이 여럿 계시니까 배추를 많이 주시는 거예요. 어
느 날 집 앞에 트럭이 딱 오더니 배추를 막 내려요. 어떡해요.
내가 해야죠."

말로는 어물쩍 담갔다는데 김치가 아주 맛있다.

   두껍고 단단한, 아카네의 오코노미야키

"지난봄에 일본에서 부모님 오셨을 때, 제가 담근 김치라고 맛 좀 보시라고 했어요. 엄마가 맛있다고 갈 때 싸 달라 하시데요. 비닐로 여러 겹 싸고 꽁꽁 묶어서 아이스박스에 담아 드렸더니, 가져가서 친척들한테 또 나눠 주셨대요. 다들 맛있게 먹었다고 올해도 김장해라, 또 해라, 그러시는 거예요. 와서 가져가신다고. 하하."

그런데 주변 한국인에게 물어보니 김치를 직접 담그거나 김장을 하는 이가 별로 없더란다. 대부분 얻어 먹거나, 사 먹는다고. 아카네 씨는 황당했다. 김치를 사 먹어도 되는 거였어? 한국 주부라면 당연히 해야 할 일이라 생각하고 지금까지 무조건 해 온 일인데 그게 아니었다는 말인가! 내가 모르는 사이 세상이 달라지고 있었던 건가!

"저는 전통을 좋아하고 지켜야 한다고 생각하는 사람인가 봐요. 티브이나 책도 없이, 인터넷도 없이 옛날 사람들이 살면서 하나씩 경험하고 느껴 가면서 얻은 지혜를 잊어버리면 안 된다고 생각해요. 그런데 요즘은 전통문화가 사라지는 시대잖아요. 일본에 가면 사람들이 저한테 한국 문화를 물어봐요. 한국에 살면서 한국 문화를 모른다고 하면 창피하죠. 자랑스럽게 말하려면 내가 직접 경험해 봐야 하고요. 그래서 힘들어도 다 직접 해 보려고 노력했는데, 주변 한국 사람들은 다들 사

     7. 일본의 집밥

먹는다고 하니까 제가 좀 힘이 빠졌어요. 한국 문화가 바뀌고 있는데 나만 고집부리는 건가, 생각이 왔다 갔다 해요.”

아기를 데리고 식당에 가면

아카네 씨는 처음 한국 왔을 때 만났던 새로운 문화가 낯설기도 하고 좋기도 했다고 한다.

“아기 안고 식당에 갔는데 식당 아주머니들이 저 밥 먹으라고 아기를 봐줬어요. 얼마나 좋았다고요. 일본에서는 그런 일이 없죠. 한국 아주머니들은 아기를 보면 예쁘다고 말해 주고, 아기가 춥겠다 더 따뜻하게 입히지, 이렇게 말을 걸어 주거든요. 일본은 그런 거 절대 없어요. 저도 처음에는 왜 이렇게 불쑥 참견하시나 했죠. 한국 사람들의 정이랄까, 관심 이런 거를 몰랐으니까요. 아이 하나를 키우려면 마을 하나가 있어야 된다는 말이 있잖아요. 그 말이 무슨 뜻인지 이제 알아요. 정말 공감해요. 그런 관심, 참견이 도움이 되고 서로 그 덕에 사니까요. 일본에서는 아이가 예뻐서 눈을 떼지 못하면서도 말은 절대 안 해요. 상대가 싫어할까 봐 표현하지 않는 거죠. 저는 일본에 가면 이상한 사람이 되곤 해요. 처음 보는 사람에게 막 말을 거니까, 동생이 저한테 이상해 보인다고 그러지 말라

　　　　두껍고 단단한, 아카네의 오코노미야키

고 주의를 줬어요. 일본에서 애들 다섯 데리고 다니면서, 애들아 가자, 하고 큰 소리로 말하면 주변 사람들이 다 쳐다봐요. 뭐냐, 하는 표정으로요. 하긴 다섯 아이 줄줄이 데리고 다니는 사람이 나밖에 없으니까 어딜 가도 티가 나긴 하죠."

대화 중에 온 전화를 받으며 아카네 씨는 일본어로 말하면서도 상대방을 언니라고 불렀다.

"일본분과 대화할 때도 언니라는 한국 호칭을 쓰네요?"

"원래 일본에서는 나이가 많아도 적어도 이름 뒤에 상을 붙여서 부르거든요. 한국에서도 일본 사람끼리는 그렇게 부르는데 저는 그게 좀 어색해요. 언니는 언니라고 부르고 싶어요."

일본보다 한국에서 더 편안하다고, 한국 문화가 더 살갑다고 말하는 아카네 씨지만 한국에서 지내 온 시간이 다 즐거웠던 것은 아니다. 외롭고 힘겨울 때도 많았다. 집에서 견디기 힘들 때는 밖에 나가서 활동하며 마음을 풀었다.

"가족들은 제가 아이들 키우고 가족 돌보는 것을 당연하게 생각하고 아무도 칭찬해 주지 않아요. 그런데 밖에서는 다르더라고요. 애들 어릴 때 마을 회관에 가서 안마 봉사를 했어요. 마을 어른들은 우리 집을 다 아시니까 제 걱정을 해 주셨어요. 애들 키우는 것만 해도 장한데 끼니마다 어른들 식사 챙기느라 애쓴다고, 시어머니 투석 받으러 계속 병원 다니신다

니 얼마나 힘드냐고, 잘한다 고생한다 격려도 많이 해 주시고
요. 그러니까 애 업고 안마하는데도 하나도 힘들지 않고 오히
려 재미있었죠."

아카네 씨는 여러 봉사 활동에 참여하느라 바쁘면서도 음
악 활동을 열심히 한다. 전에 한 노래자랑 대회에 듀엣으로 나
가서 큰 상을 받기도 했는데, 실은 노래보다 악기 연주를 더
좋아한다. 어릴 적 학교에서 브라스 밴드 활동을 하면서 유포
니움을 불었다. 지금은 오카리나와 플루트, 기타를 연주한다.

"한국인들과 모임을 같이해요. 음악도 하고 친구도 사귈
수 있으니까 정말 좋아요."

아카네 씨가 속한 음악 동아리는 다가오는 행사에서 공연
하기 위해 연습 중이라고 했다. 곡명은 애니메이션 〈센과 치히
로의 행방불명〉의 삽입곡 〈언제나 몇 번이라도〉. 사뭇 기대되
는 공연이다. 오코노미야키와 김치를 앞에 두고 시작한 수다
가 길게 이어졌다.

 두껍고 단단한, 아카네의 오코노미야키

아카네의 오코노미야키 레시피

재료

부침가루 1컵

물 ⅔컵

계란 1개   오징어 ½마리

썬 양배추 2컵   새우 10마리

쪽파 2개   텐카스 ½컵

옥수수 통조림 ⅓컵   돼지고기 50g

키리모찌 1개   얇은 가쓰오부시 1컵

피자 치즈 50g   오코노미야키 소스 2큰술

마요네즈 2큰술

식용유

1 양배추는 짧게 채 썰고, 쪽파는 잘 게 썬다. 오징어는 새끼손가락 크기로, 키리모찌는 엄지손톱 크기로 썬다.

2 부침가루에 계란과 물을 넣어 반죽한 뒤, 양배추, 쪽파, 옥수수, 키리모찌, 피자 치즈, 오징어, 새우, 텐카스를 넣고 잘 섞는다.

3 반죽을 프라이팬에 올려 고루 두껍게 편 뒤 그 위에 돼지고기를 올린다.

4 속까지 잘 익도록 뚜껑을 덮고 굽다가 뒤집는다.

5 노릇한 부침 위에 오코노미야키 소스를 펴 바르고 마요네즈로 가늘게 줄무늬를 만든다. 그 위에 가쓰오부시를 듬뿍 올린다.

8

캄보디아의 집밥

프라이팬에 휘리릭 둘러,
지은의 반차오

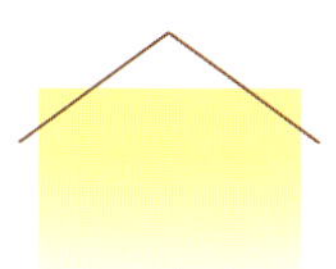

지은 씨는 남편과 함께 토마토 농사를 짓는다. 봄철 농번기가 되면 캄보디아에서 동생 둘을 초청해서 가을까지 함께 일한다. 농장은 안정적으로 일손을 확보하고, 동생들은 돈을 벌 수 있으니 서로 좋은 일인데, 지은 씨는 끼니 때마다 정신이 없었다. 어머니와 남편, 아이들을 위해 한국 음식을, 동생들을 위해 캄보디아 음식을 준비하기 때문이다.

하지만 아무리 번거로워도 지은 씨는 동생들에게 입에 맞는 음식을 해 주겠다는 마음을 접지 않는다. 다행히 시간이 지나면서 두 음식 사이의 거리가 좁혀지고 있다. 지은 씨의 남편은 빨갛고 탱탱한 토마토를 내게 안겨 주며, 액젓에 무쳐 먹어 보라고 권했다. 토마토에 액젓이라니, 그 정도면 거리가 가까

  프라이팬에 휘리릭 둘러, 지은의 반찬오

워지다 못해 거의 밀착했다고 해도 될 정도인데!

감자에 기름을 묻혀서 동글동글

몹시 뜨거운 날이었다. 그늘을 벗어나면 뙤약볕에 모든 것이 이글이글 타 버릴 것 같았다. 그 화끈한 열기가 좋은지, 비닐하우스 안에 주렁주렁 달린 토마토가 빨갛게 익어 가고 있었다. 모처럼 농장 쉬는 날이라고, 지은 씨는 마당 평상에서 잔치를 벌였다. 역시 한국인과 결혼해서 이웃 마을에 살고 있는 지은 씨의 사촌 동생 연아 씨네 식구들도 함께 모였다. 연아 씨네 집에는 캄보디아에서 친척들 셋이 와서 농사일을 함께하고 있다.

평상에는 금방 물에서 건져 놓은 상추와 타이바질, 라우람, 숙주가 싱싱했다. 지은 씨는 캄보디아 액젓, 가늘고 짧게 채 친 당근, 땅콩 가루에 식초와 양념을 섞어 능숙하게 소스를 만들었다. 또 부침가루에 강황과 계란을 넣어 묽게 반죽해 놓고 돼지고기와 새우, 말린 코코넛 가루, 당근을 볶아 부침 속을 만들었다. 준비를 마쳤으니 이제 잘 부쳐 내면 된다.

"이제 시작할게요."

프라이팬을 앞에 두고 앉은 지은 씨가 기름 접시에 놓였

                                    8. 캄보디아의 집밥

던 감자를 들어 보이며 말했다. 반으로 자르고 위쪽을 다듬어 손잡이를 만든, 기름을 프라이팬에 고루 펴 줄 감자다.

"우리 고향에서는 이렇게 해요."

퍼포먼스를 하듯 팔을 크게 움직인 지은 씨는 감자 밑면에 기름을 묻혀 프라이팬에 동글동글 돌렸다. 드라마나 영화에서 가끔 보았던 모습이다. 시대극에서 잔치 준비할 때 단골로 등장하는, 뒤집어 놓은 무쇠솥 뚜껑과 기름칠 담당 감자 혹은 무. 지은 씨가 그 모습을 정성껏 재연하니 새롭고 귀여웠다. "전에 우리나라에서도 그렇게 했어요." 하는 말에 지은 씨가

미소 지었다.

지은 씨가 노란 반죽 한 국자를 떠서 프라이팬 바깥쪽부터 휘리릭 둘러 얇고 넓게 폈다. 반죽이 어느 정도 익자 반쪽에 부침 속과 숙주를 올렸다. 그리고 나머지 반쪽을 끌어다 이불처럼 덮었다. 잠시 뚜껑을 덮어 속 재료를 익히니 반차오가 완성되었다. 지은 씨는 뜨거운 반차오 사이에 종이 포일을 끼워 서로 달라붙지 않도록 했다.

"우리 나라에서는 바나나잎을 끼워요. 여기는 없으니까."

"바나나잎? 그럼 곰취잎이라도 끼워 볼까요?"

지은 씨가 고개를 끄덕였다. 나는 마당 한쪽에서 싱싱하게 잎을 펼치고 있던 곰취를 몇 개 따서 물에 씻어 지은 씨에게 건네주었다.

지은 씨는 방에 계신 시어머니를 위해 반차오를 가위로 잘라 연아 씨 손에 들려 보냈다. 건강이 안 좋은 시어머니는 거동하기 어려워 잔치에 나와 보지 못하셨다.

"어머니가 캄보디아 음식을 많이는 안 드셔도 조금씩 맛은 보세요."

지은 씨가 작게 말했다. 가족과 이웃들도 평상으로 모여들었다. 캄보디아에서 온 형제들과 한국 가족들은 지은 씨를 중심으로 연결되어 작은 공동체를 이루고 있었다. 나직하

    8. 캄보디아의 집밥

게 나누는 짧은 대화가 밝았다. 공동체는 친밀하고 온화해 보였다.

지은 씨가 연아 씨에게 무어라 말하니, 연아 씨가 안으로 들어가 푸른 잎으로 싸고 끈으로 묶은 놈언썸을 내왔다.

"이렇게 다 같이 모일 때 먹으려고 주문했거든요."

언니 말이 맞다고 끄덕끄덕 고갯짓하며 연아 씨가 김밥처럼 동글동글 놈언썸을 썰었다. 하얀 쌀 가운데 노란 녹두가 박힌 단면이 달맞이꽃처럼 예쁘다. 찹쌀과 녹두, 돼지고기를 바나나잎으로 싸서 오래 삶은 놈언썸은 찹쌀떡과 닮았다. 한국에는 떡에 고기를 넣는 경우가 없으니 한국인에게는 좀 낯설게 느껴질 수도 있겠다. 하지만 입에 넣고 천천히 씹으니 녹두 맛이 워낙 고소해서 돼지고기는 느낄 새도 없다. 만들 때 시간과 정성이 많이 들어 캄보디아에서도 명절이나 특별한 행사 때만 해 먹는다는 놈언썸인데, 고맙게도 한국에서 만들어 파는 사람이 있단다.

캄보디아의 동쪽과 베트남의 남서쪽은 서로 옆구리를 맞대고 있으니 음식을 포함하여 다양한 문화를 공유하고 있다. 같은 음식이 베트남에도 있다. 반차오는 반쌔오라는 이름으로, 놈언썸은 반뗏이라는 이름으로. 양 나라에 이 음식들이 생겨난 유래에 대하여 여러 이야기가 있다고 한다. 중요한 것은 양

　　　　　　　프라이팬에 휘리릭 둘러, 지은의 반차오

나라 사람들이 다 소중한 자기 음식으로 여긴다는 점 아닐까?

부침개를 상추에 싸 먹는다고?

지은 씨는 서둘러 반차오를 여러 개 만들어 커다란 접시에 담았다. 농장에서 기다리는 이웃들에게 가져다줄 거란다. 지은 씨가 음식을 챙겨 들고 일어서자 가만가만 옆에서 돕던 남동생이 프라이팬 앞에 앉으며 국자를 흔들었다. '걱정 마, 누나.' 하는 얼굴로 씨익 웃었다.

"야, 이쁘다! 이건 또 어떻게 먹는 건가?"

농장에서 기다리던 이웃 언니들이 크고 반가운 목소리로 말했다.

"우선 상추를 들고, 부침개를 올리고 쌈을 잘 싸서, 양념장에 찍어서……."

지은 씨의 남편이 차근차근 먹는 법을 알려 주자 민첩한 손들이 움직여 각자 커다란 쌈을 만들어서 입으로 가져갔다.

"맛있다, 맛있어! 지은 씨한테 맛있는 거 많이 얻어먹어서 정말 좋다니까. 이렇게 자주 먹으니까 동남아에 여행 가도 음식에 거부감이 하나도 없어. 우리는 음식 고생 하나도 안 해. 다 지은 씨 덕분이야, 하하."

　　　　　　　　　8. 캄보디아의 집밥

지은 씨와 이웃들이 반차오를 앞에 두고 터트리는 웃음을 보고 있자니, 이 음식을 처음 접했던 날이 떠올랐다. 20여 년 전, 결혼해서 온 외국인 여성들이 내 주변에 막 생겨나던 즈음이었다. 내가 일하는 단체의 옆집으로 이사 와서 가끔 인사 나누던 베트남 사람 흐엉이 우리 사무실에 얼굴을 빼꼼 내밀었다. 나는 베트남어를 한마디도 알지 못했고, 흐엉은 막 한국어를 배우기 시작한 참이라 우리의 대화란 것은 온통 손짓발짓이었다. 어서 들어오라는 손짓에 생긋 미소만 보이고 사라진 흐엉이 곧 커다란 쟁반을 들고 돌아왔다. 쟁반에는 계란 지단처럼 보이는 노란색 부침개와 상추가 놓여 있었다. 그리고 작은 접시에 담긴 양념장. 부침개를 가리키며, "계란?" 하고 물어보니 흐엉이 고개를 젓는다.

"딱 계란 색깔인데 아니라고?"

"흐엉 씨가 아직 계란이라는 단어를 모르나 봐."

나와 동료는 의견을 나누며 음식을 탐색했다. 부침개와 상추쌈이라니! 삼겹살과 상추, 보리밥과 상추, 통상 한국인이 알고 있는 상추에 어울리는 음식은 그런 것들인데, 이 조합은 꽤 생소하다. 조그만 접시에 담긴, 다진 마늘과 고추가 들어 있는 양념장에서 고소하면서도 비릿한 냄새가 났다. 음식에 호기심이 많은 나는 쟁반에 바짝 달라붙었고, 음식에 조심스러

   프라이팬에 휘리릭 둘러, 지은의 반차오

운 동료는 멀리서 고개만 쭉 빼고 살폈다. 억지로 먹게 될까 봐 그 나름 방어벽을 치는 것이다. 우리 눈길 속에 흐엉이 능숙한 솜씨로 부침개를 자르더니, 상추를 펴고 부침개를 싸서 소스를 콕 찍어 보이며 입으로 가져가는 시늉을 했다. "먹어요." 작은 목소리도 들었던 것 같다.

"오, 그렇게 먹으라고요? 부침개를 상추에 싸 먹는다고?"

신선하다. 우리는 배운 대로 쌈을 싸서 입에 넣고 우물거리며 새로운 세계로 들어갔다. 얇은 부침 안에서 작은 새우와 돼지고기가 탱글거리고, 살짝 숨이 죽은 숙주와 상추가 아삭하게 씹혔다. 숙주를 이렇게도 먹는구나. 쌀국수를 먹을 때 데치지 않은 생숙주를 국물에 넣어 숨만 죽여 먹는 것이 신기했는데, 생숙주를 부침에 넣다니 이 또한 '신박'하다.

"이거 이름 뭐예요?"

흐엉이 무어라 말하는데 낯선 발음과 억양을 제대로 알아듣지 못했다. 뒤따라와서 문을 열고 얼굴을 내민 흐엉의 남편이 계면쩍게 웃으며 말했다.

"먹을 만해요?"

"와서 같이 드세요!"

그는 "어…… 나는 안 먹어요." 하더니 쑥 가 버렸다.

흐엉의 손짓발짓 보고에 의하면, 남편에게 선보이려고 기

   8. 캄보디아의 집밥

껏 고향 음식을 했는데 남편이 얼굴을 찌푸리며 "안 먹어, 안 먹어." 하며 달아나더라는 것이다. 흐엉은 서운하다 못해 화가 나고 슬퍼졌다. 넉넉하게 준비했던 재료를 보고 한숨짓다가 우리 생각이 나서 다 부쳐서 들고 왔다는 것이다. 연신 이어지는 감탄과 '엄지 척'에 흐엉은 웃는 얼굴로 돌아갔다. 그날은 음식 이름도, 노란색의 정체도, 고소하고 비린 양념장에 대해서도 알기 어려웠다.

그 후로 이 예쁜 부침개 이름이 반쎄오라는 것과 강황을 넣어서 노란색이 되었다는 것을 알게 되었다. 노란 액체는 베트남 액젓 느억맘이었다. 느억맘에 마늘과 고추를 넣어 맛을 낸 느억짬은 우리 식으로 말하면 양념간장이다. 한국 사람이 파전을 먹을 때 양념간장에 찍어 먹는 것처럼 베트남에서도 반쎄오를 느억짬에 찍어 먹는다. 그날 이후 반쎄오는 우리 사무실 단골 메뉴가 되었다. 얼마 뒤 캄보디아에도 같은 음식이 있다는 것을 알게 되었다.

"언니, 우리 집에 놀러 와요. 반쎄오 했어."

"뭐 먹고 싶어? 반차오 해 줄까요?"

반차오 또는 반쎄오는 우리들의 잔치 음식이었고 사랑과 감사의 표현이었다.

  프라이팬에 휘리릭 둘러, 지은의 반차오

낯선 향에 다가가는 용기

그 뒤로 20여 년, 그사이 우리 사회는 크게 달라졌다. 국경을 넘어온 이주민들이 사회 곳곳에서 함께 살고 있다. 다양한 음식과 문화와 삶이 교차한다. 그 교차점에서 우리는 크고 작은 선택을 해야 한다. 갑옷을 두르고 내 것만을 고집할 것인가, 다른 이의 것을 만져 보고 느껴 보고 맛보고 대화하며 경험할 것인가, 혹은 더 나아가 내 것으로 만들 것인가. 그 선택 앞에 섰을 때 조금만 더 용기를 냈으면 좋겠다. 낯선 향, 낯선 맛에 다가가는 용기가 삶을 풍요롭게 할 것이다.

그런 의미에서 지은 씨의 이웃 언니들이 부럽고 고마웠다. 지은 씨는 이웃 언니들과 품앗이를 한다. 김장은 물론이거니와 설을 앞두고 많이 빚는 만두를 집집마다 돌아가며 함께 모여 만들면 수월하단다. 언니들과 정을 나누지만 지은 씨가 아쉽게 생각하는 것도 있다. 마을에 젊은 사람이 없어서 또래 친구가 없다는 점이다.

그런데 지은 씨의 본래 이름은 무엇일까?

"어려워요. 우리 아이들도 내 이름을 몰라요."

대답 대신 푸른 열매를 몇 개 따서 내 손에 올려 주며 지은 씨가 말했다. 밭 가장자리 키 작은 나무에 빽빽하게 매달린

   8. 캄보디아의 집밥

열매는 블루베리였다. 알이 굵고 달았다. 맑은 눈을 깜박이며
나를 바라보던 지은 씨가 찬찬히 말했다.
"부트속크메앙, 내 이름이요."

　　　　　　프라이팬에 휘리릭 둘러, 지은의 반차오

지은의 반차오 레시피

반죽 재료

부침가루 1컵

강황 1큰술

계란 2개

물 1컵

쌈 채소

상추 20장

오이 1개

타이바질 10줄기

라우람 10줄기

속 재료

다진 돼지고기 1컵

다진 새우 1컵

말린 코코넛 가루 1큰술

당근 ¼개

소금 ½ 작은술

숙주 4컵

소스 재료

캄보디아 액젓 3큰술

식초 1큰술

채 썬 당근 ½큰술

땅콩 가루 ½큰술

다진 마늘 1작은술

소금 ⅓작은술

설탕 ⅓작은술

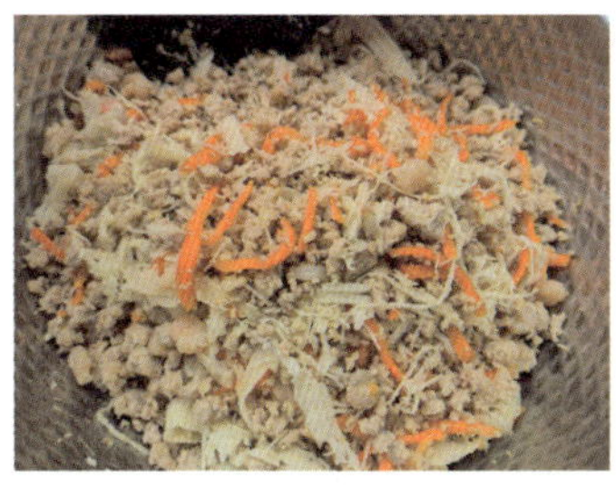

1 액젓에 채 썬 당근, 땅콩 가루, 다진 마늘, 소금, 설탕, 식초를 넣어 소스를 만든다.

2 다진 돼지고기와 새우, 채 썬 당근, 코코넛 가루에 소금을 약간 넣고 볶아 속 재료를 만든다.

3 부침가루에 강황, 계란을 넣어 반죽한다. 반죽을 프라이팬에 얇고 넓게 두른다.

4 부침 반쪽에 속 재료와 숙주를 올려놓고 나머지 반쪽을 접어서 이불처럼 덮어 준다. 뚜껑을 덮고 잠시 김을 올려 재료를 익힌다.

5 가위로 부침을 먹기 적당하게 자른다. 쌈 채소로 부침을 싸서 소스를 찍어 먹는다.

9

태국의 집밥

허브 향이 강렬한,
촘잔의 랍무

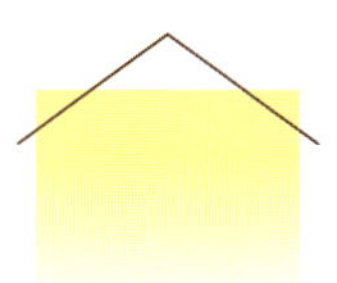

새콤, 달콤, 매콤.

태국 음식의 생명은 이 세 가지 맛이라고 이웃에 사는 촘잔 씨가 설명했다.

"아이 친구들이 놀러 왔을 때 팟타이하고 똠얌꿍을 해 줬어요. 엄마가 태국 사람이니까 태국 음식 해 주면 좋잖아요. 팟타이가 새콤달콤하니까 애들도 잘 먹어요. 우리 고향에서는 식초를 안 써요. 새콤한 맛을 라임이나 타마린드로 내거든요. 똠얌꿍도 다 잘 먹더라고요."

팟타이와 똠얌꿍은 태국을 대표하는 음식이다. 팟은 볶음, 타이는 태국을 의미하니, 팟타이는 태국식 볶음이라는 뜻이다. 80여 년 전 태국 정부가 식량 부족을 해결하기 위해 개

     허브 향이 강렬한, 촘잔의 랍무

발해서 널리 보급했다는 팟타이는, 중국에서 건너온 볶음국수를 태국 방식으로 재창조한 것이기 때문에 원조 논란이 좀 있다고 한다. 그러나 길거리 작은 노점이든 고급 음식점이든 태국 어디서나 만날 수 있는 팟타이가 태국 음식이 아니면 무엇이겠는가. 쌀국수와 숙주나물, 부추, 새우에 액젓과 타마린드 액를 넣고 볶아 맛을 내고 땅콩 가루를 얹은 팟타이는 그야말로 태국의 맛 그 자체라 할 수 있다.

태국을 여행하다 야시장이나 노점을 만난다면 한 번쯤은 팟타이를 한 접시 사 들고 서서 천천히 맛보기 바란다. 더운 공기와 주변 사람들의 활기찬 목소리, 거리의 소음을 느끼며 먹는 팟타이가 진짜 팟타이니까. 수박 주스 땡모반을 곁들이는 것도 잊지 말기를!

한편 똠얌꿍은 강렬하다. 새우를 넣어 새콤하게 끓였다는 뜻의 똠얌꿍. 상큼한 신맛과 강한 매운맛을 동시에 느낄 수 있다는 점이 특징인데, 식당에서 주문할 때 맵기 정도를 선택할 수도 있다. 똠얌꿍을 먹을 때마다 나는 묵은지로 푹 끓여 낸 김치찌개가 생각난다. 레몬그라스와 갈랑갈, 카피르라임잎이 들어가서 김치찌개와는 다른 신맛을 가졌지만 칼칼하고 뜨끈한 것이 꽤나 닮았다.

촘잔 씨에게 태국 음식을 해 달라고 부탁하니 랍무가 어

9. 태국의 집밥

떠나고 한다. 팟타이나 똠얌꿍은 많이 먹어 봤으니 새로운 음식을 맛보라고. 좋다, 좋다, 무조건 좋다! 이름만 들어 봤지 먹어 본 적은 없는 랍무를 촘잔 씨 덕분에 '영접'하게 되었다. 랍무는 라오스에서 유래한 음식으로, 본래 라오스 땅이었던 태국 동북부 이산 지방을 거쳐 태국 전역으로 퍼졌다고 한다. 지금은 지구촌 곳곳에 있는 태국 음식점을 통해 전 세계에서 사랑받는 음식이 되었다. 잘게 잘랐다는 뜻인 랍, 돼지고기를 의미하는 무. 다진 돼지고기를 익혀 향 채소와 양념으로 버무린 것이 랍무다.

구수하고 깊은 쌀의 향

촘잔 씨는 먼저 마른 쌀을 볶아 카오쿠아를 만들었다. 쌀을 씻으면 물기 때문에 구수하게 볶아지지 않으니 마른 쌀 그대로 볶아야 한다.

"찹쌀이 많이 나는 이산 지역에서는 찹쌀을 쓰는데 우리는 멥쌀로 해요."

방콕에서 가까운 태국 중부, 촘잔 씨의 고향에서는 멥쌀을 주로 먹는다고 한다. 촘잔 씨가 노릇하게 볶은 쌀을 뒤적이며 말했다.

　　　　　　　　허브 향이 강렬한, 촘잔의 랍무

"이게 제일 중요해요. 랍무의 맛과 향을 책임져요. 카오쿠아가 안 들어가면 랍무가 아니거든요."

볶은 쌀이 그렇게 중요하다고? 설마 했던 생각은 볶은 쌀을 믹서로 가는 순간 사라졌다. 구수하고 깊은 향이 집 안 가득 퍼졌다.

재료 중에 갈랑갈이 있다. 태국 식당에서 사다 냉동실에 넣어 두고 아껴 먹는 거라며 춈잔 씨가 한 조각을 꺼내 놓았다. 생강과 비슷하게 생겼는데 향과 맛이 좀 다르다.

"갈랑갈이 없으면 생강을 써도 되긴 해요. 갈랑갈은 조금만 넣을 거예요. 많이 넣으면 맛 이상하다고 안 먹을지도 모르니까요."

춈잔 씨는 페퍼민트, 고수, 카피르라임잎, 쪽파, 샬롯, 갈랑갈을 다듬어 썰고 레몬에서 즙을 짜냈다. 다진 돼지고기를 볶을 때는 기름을 사용하지 않고 소량의 물에 돼지고기와 소금을 넣고 저어 가며 물이 졸아들 때까지 끓였다. 끓는 물에 데치기도 하는데 그렇게 하면 고기 맛이 달아난다고 했다.

"우리 애들은 랍무를 '빨간 고기'라고 불러요. 고춧가루를 안 넣고 하얗게 버무리는 음식도 있거든요. 태국 액젓이 한국 거랑 달라서 아이들 어릴 때는 싫어했어요. 그래도 자주 먹으니까 지금은 익숙해졌어요. 우리 시어머니는 처음부터 제

                                              9. 태국의 집밥

가 한 음식이 다 좋다고 하셨어요. 어머니는 항상 내 편이었죠. 나한테 엄청 잘해 주셔서 내가 어머니 덕분에 살았어요. 몇 해 전에 돌아가셨는데 많이 그리워요."

시어머니를 떠올리느라 잠시 멈췄던 손을, 촘잔 씨는 다시 부지런히 움직였다. 고슬고슬하게 익은 고기에 썰어 놓은 채소와 태국 액젓 남쁠라, 레몬즙, 고춧가루를 넣어 살살 무쳤다. 마지막으로 카오쿠아를 듬뿍 넣고 버무리자 구수한 향이 다시 퍼졌다. 랍무를 입에 넣고 씹으니 강렬한 향과 맛이 터져 나왔다. 랍무는 태국에서 잔치마다 빠지지 않는 음식이란다.

밥과 함께 먹으면 진짜 밥도둑이다.

시고 맵고 짠 그린파파야 요리

랍무처럼 액젓에 버무리는 태국 음식으로 쏨땀이 있다. 쏨땀은 그린파파야로 만드는 생채 요리다. 내가 그린파파야를 알게 된 것은 1994년에 개봉한 영화 〈그린파파야 향기〉 때문이다. 1950년대 베트남을 배경으로 부잣집에서 식모살이하던 무이의 사랑을 그린 것인데, 영상이 무척 아름다워서 오래 기억에 남은 영화다.

영화 때문에 한동안 그린파파야 향기가 궁금했다. 내가 상상했던 향기는 귤이나 오렌지처럼 상큼하고 달달한 향이었는데, 당시 그것을 확인할 방법은 없었다. 그런데 영화를 본 지 10년쯤 지난 어느 날이었다. 동네에서 태국 식당을 운영하는 폰에게 놀러 가서 팟타이를 주문했더니, 이것도 좀 먹어 보라며 무생채를 한 접시 내줬다. 시고 맵고 짰다. 실수로 액젓과 식초를 너무 많이 넣었나 싶었다. "이게 무 맞지?" 하며 가느다란 생채를 하나 집어 들고 물으니 폰이 깔깔 웃으며 말했다.

"파파야, 그린파파야."

그 말과 동시에, 호박보다 큰 초록색 열매를 따서 반으로

                                        9. 태국의 집밥

갈라 하얀 진주 같은 씨앗을 손가락으로 고르던 무이의 모습이 떠올랐다. 이게 그 그린파파야? 향기가 없는데!

폰이 준 것은 솜땀이었다. 토마토, 마늘, 고추, 줄기콩, 건새우, 땅콩을 라임즙, 액젓과 함께 절구에 빻아 만든 양념으로 그린파파야를 버무린 것이다. 처음에는 시고 짜기만 하던 것이 몇 번 먹으니 입에 착 붙었다. 그 뒤로 나는 마을 잔치 때마다 폰에게 만들어 달라 부탁해서 솜땀을 내놓았다. 첫선을 보였을 때는 이웃들이 눈살을 찌푸리며 고개를 저었는데, 해가 거듭될수록 찾는 이가 많아졌다. 해외여행이 늘어나면서 솜땀을 맛본 이가 점차 늘어났기 때문이었다.

"어? 이거 그건데! 그거 있잖아, 태국에서."

이런 말이 들리면 나와 폰은 눈을 맞추고 고개를 끄덕였다. 솜땀도 랍무처럼 라오스에서 유래해서 이산 지역을 거쳐 태국 전체에 퍼진 것이라는 이야기가 있다. 워낙 광범위하게 퍼진 음식이라 여러 나라에서 사랑받고 있고, 그 유래에 대한 주장도 다양하다. 베트남의 고이두두, 라오스의 탐솜도 다 솜땀을 부르는 이름이다. 익기 전 파파야는 과육과 씨앗이 하얗다. 풋풋하고 아삭한 과육은 생으로 먹는 것은 물론이고 절이거나 볶아서 먹기도 한다. 속이 빨갛게 익으면 달콤해져서 과일로 먹는다. 부드럽고 즙이 많아 주스로 만들어 먹으면 좋다.

　　　　　　　　　　　허브 향이 강렬한, 촘잔의 랍무

지금은 아시아 마트를 비롯해서 식재료 파는 곳이 많아 태국 음식 해 먹기가 어렵지 않지만 가게는커녕 태국 사람조차 별로 없던 시절에 촘잔 씨는 어떻게 음식을 해결했을까?

"아, 힘들었죠. 특히 아기 가졌을 때 태국 음식 먹고 싶은데 구할 수가 있어야죠. 그런데 어디 갔다가 잡채를 봤어요. '얌운센이랑 똑같다!' 하면서 허겁지겁 먹었는데 전혀 아니더라고요. 하하."

잡채와 닮아 보이는 얌운센은 삶은 녹두 당면과 생채소를 액젓과 라임즙, 칠리소스로 무쳐 상큼하고 약간 매운맛이 있다. 기름에 볶고 참기름으로 고소함을 더한 잡채와는 전혀 다른 맛이다. 촘잔 씨는 캔에 든 참치에 오이, 페퍼민트, 매운 고추, 레몬을 넣고 무쳐 먹으면서 '태국 음식 앓이'를 해결했단다. 지금은 필요한 채소를 집에서 심어 길러 먹고 태국 양념도 흔히 구할 수 있으니 아무 걱정도 없다고 한다.

또 무엇보다 같이 모여 정을 나누는 이웃들이 있다. 촘잔 씨는 몇몇 이웃과 요리 모임을 하고 있다. 한 달에 한 번가량 모여서 음식을 해 먹는 가벼운 모임이다. 태국 요리 카오만까이를 했던 날은 고맙게도 나를 초대해 주었다. 카오만까이는 닭 삶은 국물로 밥을 지어, 밥과 삶은 닭고기를 한 접시에 담아내는 음식이다. 오이와 고수, 양념장을 곁들이는데, 기름진

9. 태국의 집밥

맛이 과하지 않고 깔끔하다. 무를 썰어 넣고 푹 끓인 따뜻한 닭 국물을 함께 먹으니 촉촉하고 부드럽다. 여럿이 함께 장을 보고, 주방에서 복닥거리며 음식을 만들고, 한 상에 모여 밥 먹으며 촘잔 씨와 이웃들은 웃고, 또 웃으며 서로를 다독였다. 살아간다는 것은 꽤나 어렵고 거대한 일이지만, 한편 이렇게 편안하고 소소한 일이기도 하다.

 허브 향이 강렬한, 촘잔의 랍무

촘잔의 랍무 레시피

재료

다진 돼지고기 3컵

페퍼민트잎 20장

고수 5뿌리

카피르라임잎 3장	상추 20장
샬롯 5개	레몬 2개
쪽파 3개	고춧가루 2큰술
갈랑갈 엄지손가락만큼	액젓 2큰술
	소금 ½작은술
	카오쿠아 3큰술

1 마른 쌀을 갈색이 될 때까지 볶고 빻아서 카오쿠아를 만든다.

2 쪽파, 샬롯, 갈랑갈, 카피르라임잎을 잘게, 페퍼민트, 고수를 듬성듬성 썬다.

3 물을 반 컵 끓여 다진 돼지고기와 소금을 약간 넣어 볶으며 졸인다.

4 큰 그릇에 볶은 고기와 채소를 넣고 레몬즙과 고춧가루, 액젓, 카오쿠아를 더해 버무린다.

5 랍무를 상추에 싸 먹는다. 밥반찬으로도 좋다.

10

페루의 집밥

차게 먹으면 더 맛있는,
루나의 카우사레예나

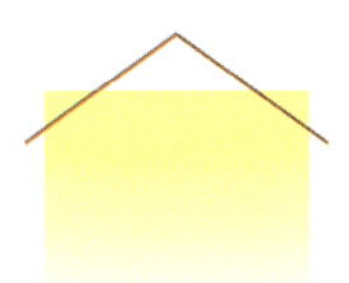

"언니, 나 자랑 있다요!"

명랑한 목소리에 홀려 루나 씨 집으로 갔더니 루나가 환한 얼굴로 옷을 살펴보고 있었다. 검은색 바탕에 화려한 색깔 문양이 수 놓인 치마였다.

"새로 샀구나. 예쁘다! 공연하려고?"

"네. 일요일 행사 때요. 이거 내 언니가 보내 줬어요."

이 옷을 입고 빙글 돌면 치마폭이 접시처럼 좌르륵 펼쳐진다. 빙글빙글 허리를 돌릴 때마다 꽃 같은 치마폭이 화들짝 피었다가 지기를 반복한다. 루나는 페루 민속춤을 춘다. 무대에서 춤을 선보이고 박수를 받을 때 루나는 행복해했다.

자랑할 것이 새 옷이었던 건가? 내 표정을 읽었는지 루나

 차게 먹으면 더 맛있는, 루나의 카우사러예나

가 우쭐우쭐 어깨를 흔들며 뭔가를 들고 나온다.

"이거 봐요! 오늘 받았어요!"

루나 손에 들린 것은 외국인 등록증이다. 아들 시스코와
루나의 등록증.

"드디어 나왔구나! 어디 보자. 축하해요, 축하해."

내가 대신 아팠으면

지난 몇 년간 엄마와 아들은 그림자 같은 삶을 살았다. 루
나는 유학생 시절 지금의 남편인 브루노를 알게 되었다. 브루
노 씨는 한국인 아내와 헤어진 뒤 딸 미아를 혼자 키우고 있었
는데, 야근이 잦아지면서 저녁에 어린이집에서 미아를 데려와
자신이 귀가할 때까지 돌봐 줄 사람을 찾던 중이었다. 마침 루
나는 저녁 시간에 할 아르바이트 일을 구하고 있었다. 루나는
그 일을 마음에 들어 했고 바로 일을 시작했다. 두 사람은 매
일 얼굴을 보는 사이가 되었다. 쾌활하고 다정한 루나는 어린
미아를 꼭 끌어안았고, 살아갈 희망을 잃었던 브루노 씨에게
밝은 힘을 불어넣었다. 세 사람은 함께 웃는 시간이 많아졌다.
그러다 사랑에 빠지고 마침내 가족이 되었다. 셋은 행복했지
만, 그 와중에 루나는 공부를 놓쳤고 허가받은 체류 기간을 넘

　　　　　　　　　　

겨 미등록자가 되고 말았다. 체류 자격을 잃은 루나는 웃음소리도 꾹꾹 눌러 가며 숨죽여 살아야 했다. 그즈음 태어난 시스코도 덩달아 미등록 상태가 되었다.

"다 슈퍼주니어 때문이에요."

언젠가 루나가 한숨 반, 웃음 반 했던 말이다. 춤과 노래를 좋아하는 루나는 고등학생 때 슈퍼주니어 커버 댄스 팀에서 활동했다고 한다. 노랫말을 익히려고 한국어를 배우고, 그러다 보니 한국에 관심이 높아졌고, 한국이 좋아져서 유학까지 왔던 거라고. 그러니 다 슈퍼주니어 탓이란다. 어쩐지 춤사위가 범상치 않더라니!

어지간한 일은 티도 안 내는 루나였지만, 어린 시스코가 아플 때는 어쩔 줄 몰라 허둥거렸다. 잔병치레가 잦았던 시스코는 한밤중에 열 오르는 일이 많았다. 열이 심하면 들쳐 업고 응급실이라도 가야 하는데 돈 걱정에 멈칫, 아이 몸은 불덩이고 날이 밝기를 기다리는 엄마 아빠 마음은 너덜거렸다. 건강 보험 같은 것은 꿈도 꾸지 못할 미등록자 신분 때문이었다. 오죽하면 어린 미아가, 건강 보험 있는 자기가 시스코 대신 아팠으면 좋겠다고 했을까.

눈물겨운 시간 속에서도 아이는 자랐다. 그리고 놀라운 일이 일어났다. 한국 정부가, 한국에서 나고 자라거나, 어린 시

 차게 먹으면 더 맛있는, 루나의 카우사 레예나

절 한국에 와서 학교에 다니고 있는 외국인 아동들에게 등록할 기회를 열어 준 것이다. 꿈에도 그리던 소식이었다. 아동과 함께 그 보호자인 부모도 등록할 수 있어서 루나도 외국인 등록증을 받았다. 그 귀한 등록증이 지금 루나 손에서 반짝이고 있는 것이다.

"이거 엄청 비싼 등록증이네! 정말 애썼어요!"

등록 과정에서 아동에게는 미등록 체류에 대한 범칙금이 없지만, 보호자는 범칙금을 납부해야 했다. 벌금이 너무 많다고 망설이더니, 이 기회를 놓치면 안 될 것 같다며 루나 부부는 기어코 돈을 마련했다.

감자의 대활약

이 기쁜 날, 당연히 파티다. 아이들이 좋아하는 치킨과 피자를 주문하고, 브루노 씨가 좋아하는 '카우사레예나'를 만들기로 했다. 페루의 감자 요리 카우사레예나는 페루 사람 누구나 사랑하는 음식이란다. 장식 효과도 좋아서 파티 때 빠지지 않는다고. "이거 만들려고요." 하며 루나가 인터넷을 뒤져 사진을 보여 주는데 얼핏 예쁜 케이크 같았다.

"감자로 이렇게 예쁘게?"

내 말에 루나가 큰 눈을 찡긋했다.

"나는 더 예쁘게 만들어요."

루나는 냉장고에 잘 모셔 뒀던 말린 아히아마리요를 꺼냈다. 아히아마리요는 페루산 노란 고추다. 한국에서 고추가 그렇듯 페루에서 아히아마리요 역시 매우 중요한 식재료로 꼽힌다. 마른 것을 삶아서 갈아 놓으니 더 짙고 고운 노란색이 되었다. 약한 매운맛과 옅은 향이 있었다. 감자를 찌고 으깨서, 갈아 놓은 아히아마리요와 올리브유, 마요네즈, 레몬즙을 넣어 고루 섞었다. 부족한 간은 소금으로 채웠다. 삶아 다진 닭고기와 삶아 깍두기 모양으로 잘게 썬 당근, 사과를 마요네즈로 버무려 샐러드를 만들었다. 푸른 포도 알을 잘라 놓았다.

"원래 페루에서는 아보카도를 넣는데, 우리 애들이 싫어해요."

준비가 다 끝났으니 이름에 걸맞게 재료를 잘 쌓으면 된다. 카우사레예나는 감자를 비롯한 여러 음식을 차곡차곡 쌓는다는 의미란다. 사각 틀에 감자를 넣어 숟가락으로 다지고, 그 위에 포도를 꼼꼼하게 쌓았다. 샐러드를 고르게 얹고 다시 감자를 쌓아 모양을 잡았다. 윗면에 마요네즈로 바둑판 모양을 그리고 붉은색 고추 소스를 방울방울 찍어 장식했다. 마무리로 삶은 계란 한쪽을 올렸다. 꼭 이렇게 정해진 것은 아니다. 감

  차게 먹으면 더 맛있는, 루나의 카우사러예나

자를 기본으로 채소나 고기, 해산물, 과일 등 어떤 재료를 써도 잘 어울린다. 재료와 장식을 달리하면 무궁무진 다양한 카우사레예나를 만들 수 있다.

"감자 색이 옅은데? 아까 사진에서는 짙은 노란색이었는데. 우리가 아히아마리요를 너무 적게 넣은 건가요?"

"아녜요. 그건 노란 감자로 만든 거예요. 한국에는 없어요. 페루에는 노란색, 보라색, 빨강, 파랑 감자가 나와요."

감자의 나라 페루라더니, 별별 색깔 감자가 다 나는구나! 페루가 자리한 안데스 지역은 감자의 원산지로 무려 5800여 종의 감자가 있다. 그중에 종자가 널리 퍼진 것은 극히 일부라고 한다.

"처음 내가 이거 만들었을 때 오빠가 눈물 나왔어요. 너무 그리운 음식이라고."

오빠란 남편 브루노 씨를 이르는 말이다. 엄마 아빠에게는 그토록 그립고 소중한 음식이지만 아이들은 달랐다. 맛 좀 보라고 하니 마지못해 다가오면서 미아가 외쳤다. "아보카도 빼고요!"

미아는 감자도 싫지만 아보카도는 더 싫다고 했다.

"아보카도 아니야. 포도야."

아이들에게 페루 음식을 먹여 보려고 재료를 바꿔 봤지만

10. 페루의 집밥

역시 환영받지 못했다. 미아는 콩알만큼 떼어 맛을 보더니 바로 돌아서서 간장치킨을 베어 물었다. 양손에 피자를 든 시스코는 엉거주춤 눈치를 살피다가 뒷걸음질로 달아나 버렸다.

"애들이 페루 음식 안 좋아해요. 나중에 크면 좋아하겠죠?"

루나가 민망한 미소를 지었다.

"애들이 다 그렇지 뭐."

위로가 될지 모르지만 내가 다독였다.

"차게 먹으면 더 맛있어요."

루나는 카우사레예나를 냉장고에 넣었다. 야근을 마치고 돌아올 브루노 씨는 냉장고에서 깜짝 선물을 발견하고 어떤 표정을 지을까?

"애들 데리고 페루에 다녀오는 게 제 꿈이에요."

정말 그럴 수 있으면 얼마나 좋을까! 아이들과 함께 페루 가족을 만나고, 잉카 제국의 마추픽추를 둘러보고, 해산물을 라임즙으로 버무린 세비체를 먹고, 노란 감자로 만든 카우사레예나를 맛보면 얼마나 좋을까. 미아와 시스코가 스스로 페루 사람임을 느껴 볼 기회가 있으면 얼마나 좋을까. 꿈같은 일이 일어나 엄마와 아들이 그림자 같은 삶에서 벗어났으니, 그 꿈 또한 머지않아 이루어지리라.

  차게 먹으면 더 맛있는, 루나의 카우사러예나

루나의 카우사레예나 레시피

재료

큰 감자 3개

아히아마리요 2개

닭고기 ½컵

사과 ¼개

당근 ⅕개

포도 10알

계란 1개

올리브 오일 2큰술

마요네즈 ½컵

레몬즙 2큰술

소금 1작은술

만드는 법

1 마른 아히아마리요를 물에 삶아서
믹서에 간다.

2 감자를 쪄서 뜨거울 때 으깬 뒤 아
히아마리요, 마요네즈, 올리브유,
레몬즙, 소금을 넣어 잘 섞는다.

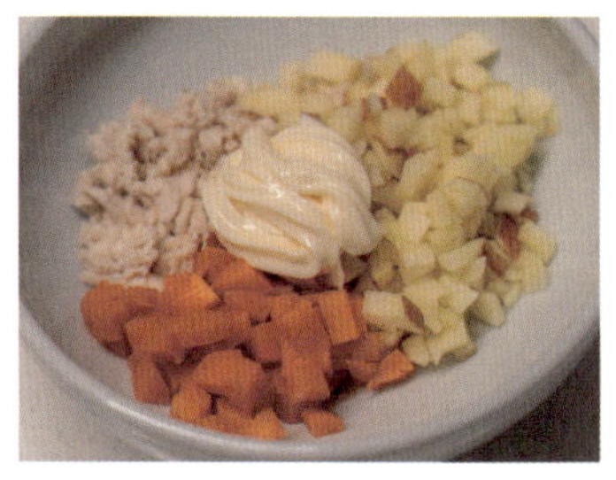

3 삶아서 잘게 찢은 닭고기, 삶아 잘
게 깍둑썰기한 당근, 당근과 같은
크기로 자른 사과를 마요네즈로
버무려 샐러드로 만든다.

4 둥근 틀에 감자를 꼭꼭 눌러 담아
1층을 만든다. 2층에 샐러드, 3층
에 반으로 자른 포도를 올리고 레
몬즙과 소금 1꼬집을 살살 뿌린
다. 4층에는 다시 감자를 꼭꼭 눌
러 담는다.

5 윗면에 마요네즈로 무늬를 만들고
삶은 계란을 잘라 올려 장식한다.
짙은 노란색으로 만들고 싶으면
강황을 넣어 보자.

슬며시 피어나던 이웃의 미소를 떠올리면

맛있고 즐거웠다.

낯선 식재료를 '영접'하고, 다듬고 썰고 끓이고 지지고 볶아 음식을 만드는 일은 무척이나 신나는 일이었다.

신기하게도 이 책에 참여한 이들이 같은 말을 했다.

"이거 말고 다른 거 할걸. 그게 더 맛있고 모양도 근사한데!"

매일 해 먹는 음식이지만 막상 소개하려니 긴장되어 간단한 음식을 선택했는데, 요리하면서 음식을 더 자랑하고픈 마음이 생기노라고 했다. 그렇게 고향 음식은 이웃들의 자부심이었고 기쁨이었다.

같은 자부심을 한국인에게서도 보았다. 요즘 외국에서 김밥이 크게 유행하고 있다는 소식이 들려온다. 해외에 사는 한 한국인이 엄마와 함께 김밥 먹는 모습을 소셜 미디어에 올렸는데, 그 영상이 유명해지며 김밥의 인기가 치솟고 있다는 것이다. 그는 큰 자부심을 느끼며 엄마와 함께 한식 레시피를 담은 책을 출간하기도 했다.

그런 그가 어릴 적 김밥 때문에 겪었던 아픈 일을 털어 놓았다. 초등학생 때, 엄마가 싸 준 김밥을 학교에 가져갔다가 친구들에게 "역겹다. 왜 그런 걸 먹느냐." 하는 말을 듣고 무척 부끄러웠더란다. 아픈 상처였던 김밥이 늦게나마 자부심이 되어 다행이다. 이제 김밥도 김치도 자랑스럽게 꺼내 놓고 친구들과 나눠 먹을 수 있으니 얼마나 기쁜 일인가.

그런데 그 맛있는 김밥이 역겹다니, 어떻게 그런 말을 할 수 있지? 그 친구들이 유독 '까칠했던' 것 아닐까? 그들만 유난한 것이 아니다. 나는 낯선 음식을 앞에 두고 몹시 무례하게 구는 한국인들의 모습을 매우 자주 접했다.

반미와 고릴태슐, 랍무와 반차오와 오코노미야키, 오노카욱쉐와 카우사레예나, 바스부사와 마르코프차와 자울로를 만들 때, 슬며시 피어나던 이웃의 미소를 나는 기억한다. 그 행복과 자긍심에 상처를 주는 무례함은 이제 그만 사라졌으면 좋겠다. 저마다 음식을 내놓고 서로 마음을 열어 맛보고 즐겨 세

    슬며시 피어나던 이웃의 미소를 떠올리면

상의 품이 더 넓어지면 좋겠다. 차별이나 혐오는 다른 존재, 다른 사회와 문화에 대한 무지에서 나온다. 이웃의 음식을 사랑하면 평화로운 세상이 당겨 올 것이다.